W9-ADV-472

02/14
Prairie du Chien Memorial Library
125 S. Wacouta Ave.
Prairie du Chien, WI 53821
(608) 326-6211
WITHDRAWN

Dulce enemiga mía

Veinte relatos

Marcela Serrano

Dulce enemiga mía

Veinte relatos

ALFAGUARA

2023 N.W. 84th Ave.
Doral, FL, 33122
Tel: (305) 591-9522
Fax: (305) 591-7473
www.prisaediciones.com

ISBN: 978-0-88272-386-0

Para Verónica Silva, que nos hace tanta falta.

Todos los pecados son intentos de llenar vacíos.

Simone Veil

Índice

La yegua

Ana María llevaba veinte años casada y seguía enamorada de su marido. Por supuesto, hoy ya no eran un par de lirios, mermada la lozanía, el vigor y la potencia. Pero ella siempre decía que deseaba envejecer junto a Víctor y veía el deterioro como una fase más, insalvable, inevitable, inexorable. Le gustaba decirle por teléfono a su amiga Bárbara estas palabras comenzadas en «in», las sentía potentes y seguras de sí mismas. Apuntaba a la ternura como reemplazo del deseo y soñaba con escenas pertinentes, ambos abrazados en la cama matrimonial viendo una película en DVD o cruzando, protector él, la calle de la mano en alguna ciudad distinta, de las muchas que aún deseaban conocer. Si se empeñaba, la vejez les traería una dulzura desconocida y reconfortante. Aun así, por supuesto, no se resignaba al paso de los años. Su apariencia había derivado en su mayor ocupación, bien sabía que Víctor era un hombre guapo y no le pasaban inadvertidas sus ocasionales tendencias a actuar como un seductor. ¿Ocasionales?, le preguntó una vez Bárbara por teléfono y ella se alarmó, luego se enojó y no llamó a su amiga por una semana. Ana María ejercitaba su cuerpo con disciplina. Practicaba la equitación en su parcela al lado de la ciudad, Baby —la yegua— era, después de su marido y sus hijos, lo más cercano a su corazón. Asistía cuatro veces a la semana al gimnasio, se privaba de la grasa y los dulces y llevaba una cuidadosa contabilidad de las calorías diarias que ingería. Además, se hacía masajes —tanto reductivos como de relajación— y nunca faltaba a la cita con el peluquero que incluía la tintura de las canas, el corte, la pedicura y la manicura. A veces se agotaba consigo misma y la embargaba la tentación de dejarse estar, entregarse por fin a vivir la edad que tenía. Después de todo, si era una opción para otras mujeres, ¿por qué no para ella? Pero prefería no hacerse trampas, consciente de que era sólo eso, una tentación, y se decía con paciencia, vamos, Ana María, no todas tienen maridos apuestos como el tuyo, eso impone obligaciones. Y luego agregaba, severa, ¿cómo resistir el asedio de las mujeres jóvenes si no peleo contra la decadencia?

Las *mujeres jóvenes* era la nomenclatura para todo objetivo donde se posaran los ojos de Víctor, todo foco que no fuese ella. Eran el fantasma, el miedo, el mal. ¡Cómo las aborrecía! Trataba de convencerse de que eran todas tontas, superfluas, incultas. Había llegado a formular una regla aritmética: a más culo y más busto, menor coeficiente intelectual. Así se calmaba. También pensando en los hijos y en lo hogareño que era Víctor, en cómo gozaba de la vida en común, de la casa tan bonita —y tan cara—, del asado del día domingo en el jardín, de los hijos con sus novias, de la perfecta disposición de alguna mano mágica para su buen vivir. Todo aquello parecía imposible con una mujer más joven.

Y sin embargo, la idea de ser abandonada era su peor pesadilla. El fracaso es como la peste, se decía, huele mal, aleja, hace huir a los demás. Nadie se siente cómodo al lado de un fracasado. Al principio te consuelan, luego escapan, ya lo sabía ella, lo había hecho tantas veces.

A Ana María le complacía sobremanera su vida en la cama. Volvía a enamorarse de su marido con cada orgasmo, atestiguar la lujuria en sus ojos le confirmaba ser el objeto de su amor. (Además, le parecía importante sentir la recompensa luego de tanto esfuerzo.) A veces, en muy raras ocasiones, se preguntó si era el sexo lo que de verdad le gustaba o si era Víctor comprometido en el sexo con ella. Se consolaba serenamente con que el tiempo era largo, hoy en día se podía hacer el amor eternamente, y de paso daba gracias a los científicos por haber inventado esa píldora azul, para el día en que resultase necesaria.

Y el día llegó, antes de lo pensado.

Un pequeño tumor en la próstata, sí, hay que extirparlo, nada del otro mundo. Así aseguró el doctor y Ana María lo organizó todo, desde la hora del cirujano hasta los papeles de la Isapre. Una pequeña infección demoró el alta luego de la operación pero no se sintió descorazonada. Acompañó a su marido en todo momento, como una intrusa averiguando sobre remedios y tratamientos. La enfermera de noche, una chiquilla bonita que fue inmediatamente clasificada por Ana María como una de las *mujeres jóvenes,* insinuó que para eso estaban ellas. Ana María la hizo callar con una sola de aquellas miradas que guardaba para las enemigas. Como buena esposa abnegada, dejaba la clínica de noche, poco después de que la impertinente enfermera empezara su turno, se iba a dormir a casa y volvía prontamente, a las nueve de la mañana, para instalarse al lado de su marido y comprobar el pulso, la fiebre, la presión, los medicamentos. Relájate, mi amor, le decía él, estoy estupendamente bien.

Víctor volvió a casa sano y salvo. Pasaron varios días y Ana María sintió que, junto con la mejora de su marido, ya le correspondía obtener la recompensa a la que aspiraba: la lujuria en sus ojos. Pero no la encontró. Dejó pasar más días y temía perder su paciencia, tan estudiada porque siempre se le confundía con la dignidad. Ensayó lo conocido, esa camisa de dormir negra escotada, la película francesa levemente erótica, la copa de buen vino en la cama, los susurros al oído. Nada. Pensó si sería aún pronto, que toda operación deja sus secuelas, y postergó el intento. Pero siguieron pasando los días y nada parecía encender a su marido. La inquietud empezó a invadirla.

¿Andará con otra, Bárbara?, dime, ¿qué crees tú?

Al teléfono era capaz de desahogarse y de pedir ayuda. En persona, Bárbara no le gustaba mucho, la prefería a través de la línea. Además, cuando se juntaban a almorzar, a su amiga le daba por quejarse de sus problemas económicos y a Ana María le daba vergüenza no ser pobre.

Habla con él.

Así de rotundo fue el consejo de Bárbara.

Y lo hizo.

Víctor, como todo marido, detestaba las conversaciones personales sobre la situación de la pareja, pero esta vez se allanó a hablar, con una receptividad poco común en él. Y lo que le dijo fue que la libido se le había esfumado, que él no podía entender qué había sucedido, pero que el pequeño tumor en la próstata se la había llevado.

No es un tema de performance solamente, Ana María, es más grave... El sexo no me interesa, como si me hubieran operado el cerebro.

Ana María escuchó estupefacta. Acordaron que Víctor visitaría a un especialista. Pero esa noche, mientras él roncaba a su lado, ella sintió una pequeña brisa fresca en el pecho que le pareció tan extraña que optó por ignorarla. Cuando al día siguiente debía madrugar para asistir a su hora de gimnasio decidió quedarse en cama, se pegó al cuerpo tan amado de su marido y se dijo, qué tanto, hoy no iré, y durmió una hora más a su lado, tibia y contenta. De repente, ese cuerpo le resultó un cuerpo que no la desafiaba.

Decidió pasar el día en la parcela montando a Baby, volcar sobre ella su vigor. Y tocarla. Siempre reluciente ese pelaje casi rojo, brillante como la cáscara de una castaña, caliente el hocico que hurgaba su mano en busca de un trozo de azúcar. Perfecta Baby, por eso le gustaba tanto.

Pero pasado un corto tiempo no pudo ignorar las sensaciones que la asaltaban. Fueron tres sus reacciones, una tras otra.

La primera: debo ser una buena esposa, prometí estar a su lado en las buenas y en las malas, me corresponde la comprensión. Es como cuando los maridos vuelven de la guerra, se dijo, claro que el quiste en la próstata fue apenas una pequeña batalla, pero las mujeres decentes los apoyan hasta el final.

La segunda: tengo tanta rabia, me enfurece todo este asunto, y no veo que esté agitándose con doctores ni recuperaciones, ¿qué se cree, que la impotencia es gratis y no tiene consecuencias?, ¿qué es esto de ser la pareja de un hombre sin deseo?

La tercera: Es que, ¿sabes, Bárbara?, ya no pienso las veinticuatro horas del día en las mujeres jóvenes. La falta de libido también corre para ellas, quizás ésta es la gran solución.

Pero, Ana María, ¿no se supone que a ti te gusta el sexo?

Sí, pero más me gusta la fidelidad, respondió con voz segura, percatándose en ese mismo instante que acababa de hacer aflorar una verdad que desconocía.

Y, de súbito, algo muy gratificante la envolvió, como un abrigo de alpaca en una noche helada: sintió que por fin ella manejaba la situación. A un marido impotente se le controla.

Pisaba tierra firme.

Empezó a gozar su nuevo estatus. Y a engrandecerlo. No es el cambio el que de verdad duele, se dijo, es la resistencia a él. Y se sintió iluminada, como un monje del Tíbet que encuentra la armonía en el fluir. Tomó el diccionario de la Real Academia y buscó las palabras *celibato* y *castidad*. No le acomodaron las definiciones y prefirió otras más elocuentes: resignación, sublimación y, continuando con ese sonido que le gustó, liberación.

Te cuento, Bárbara, que me puse a ordenar el clóset. Cuando llegué al cajón donde guardo la lencería, me pillé separando los negligés y las camisas de satín y metiéndolos al fondo, donde ni los veo. ¡Bienvenido el cómodo y anticuado pijama de franela!

Pero, Ana María, ándate con cuidado, ¿y si el tratamiento le devuelve la energía sexual y te encuentra en la cama vestida como tu abuela?

Qué tratamiento ni qué nada, la libido es o no es, como la fe. Acuérdate que no es la erección el problema. Y dime tú, ¿quién puede inventarte ganas que no tienes? El punto, Bárbara, es que no es culpa mía. ¡Qué alivio!

Siempre al teléfono, sin reconocerle a nadie que Bárbara le aburría frente a frente, le explicó su eterno terror a la invisibilidad. Aquello sí la asustaba porque entonces, entonces sí, Víctor podía dejarla por otra.

La vida de Ana María empezó a cambiar. Cada viaje que Víctor hacía por razones de trabajo dejó de ser una amenaza, una espina en su ego, ya no había nada que temer de esta especie de hermano tendido a su lado, tierno como una canción infantil. El insistente seductor dormía. Recordó a su madre afirmando, a propósito de la decadencia de un tío a quien le gustaba jugar en el casino más de la cuenta: no se reformó; simplemente se quedó sin energías.

Las mujeres jóvenes dejaron de repelerle. La vida en el hogar tomaba caracteres de largo plazo, sólida y ya moldeada como un jarrón de hierro de alguna cultura antigua, él no se escaparía en puntillas ante la insistencia de *la otra*. El esfuerzo desaforado por mantenerse joven fue cediendo poco a poco, la desnudez no parecía relevante, ¿para qué tanto trabajo y desvelo? Tener un amante para suplir las carencias de su marido no entraba en sus planes. Bárbara se lo había sugerido pero su rechazo fue inmediato y pertinaz. No necesitaba un amante, no necesitaba el sexo, ya había tenido la cantidad suficiente, ahora disfrutaba de conceptos a sus ojos más confiables que el deseo. La serenidad. La seguridad.

Sus hijos notaron ese cambio. Y les gustó. Antes había puesto toda su energía en máquinas, manos ajenas, diuréticos, productos magros, litros de agua, bisturís, convirtiendo su cuerpo en un templo inaccesible que tendía a encerrarse en sí mismo y, en privado, a curvarse en la sombra como un cachorro asustado.

Víctor estaba de viaje. Ana María decidió hacerse el tarot. Su reciente equilibrio merecía ser validado. Soñó con cartas amables y lecturas apaciguadas. La misma Bárbara le dio el dato y la dirección. Partió a un barrio que nunca visitaba, uno de esos que explican los siete millones de habitantes que le asignan a la ciudad. Se preparó meticulosamente para no perderse, hasta le pidió a uno de sus hijos que se lo mostrara en el mapa de Google. Salió de su casa con anticipación, no debía llegar tarde a esa cita que le había costado tanto conseguir. Disfrutó mucho de la vista tan cercana de la cordillera nevada que la distraía al voltear el rostro a la izquierda del volante esa mañana clara del final de otoño. Mientras conducía hacia el oeste pensó en cuán reducido era su diario recorrido, su propia mirada urbana, y se prometió a sí misma, con optimismo, que lo remediaría. La gente como yo vive con ciertas orejeras, se dijo con severidad, juzgando que aquello no podía ser positivo.

Al llegar al lugar indicado miró su reloj de pulsera y comprendió que estaba adelantada. Pensó que las mujeres que trabajaban nunca aparecían antes de la hora a sus compromisos. Quince minutos. Bueno, escucharé la radio, se dijo, para qué iba a abandonar el auto, se sentía tibia y cómoda en aquel encierro. En ese instante sonó su teléfono celular. Demoró en encontrarlo adentro del amplio bolso de cuero y el sonido le pareció chillón y estridente en medio de esa calma.

¡Mamá! ¡Se escapó Baby!

Era su hija menor llamando desde la parcela.

¿Qué dices?

Te juro que es cierto, mamá, se escapó del establo y no la han encontrado.

¿Cómo puede haberse escapado, es que no tiene puerta el establo?, la voz de Ana María conteniendo la ira.

Dio las instrucciones del caso. Sintió tan estéril la llamada de su hija, como si ella pudiese hacer algo desde la ciudad frente a una yegua que se escapa, minutos antes de entrar a verse el tarot. Pero no era una yegua cualquiera, era *su* Baby. Negó la idea, cerró su mente ante algo que escapaba de su control. Baby estaba bien, decidió, intuyendo la existencia de una cierta seguridad deformada en el dolor conocido. Y esto le parecía demasiado nuevo.

Para apurar los minutos que faltaban, concentró la vista en las casas de la vereda del frente. Eran edificios modestos pero dignos, todos muy parecidos entre ellos, pareados, sus fachadas de cemento pintadas de un blanco antiguo y mortecino, los pequeños antepatios limpios y bien barridos, las cortinas —aunque con mínima prestancia— colgaban como Dios manda. Se imaginó cocinas pequeñas, probablemente con demasiado olor a comida y un poco desordenadas pero acogedoras. Los dormitorios deben ahogar por su tamaño y los baños deben tener linóleo en vez de cerámicas, pero estarán ventilados y el aseo será fácil. Recordó que alguna vez quiso estudiar arquitectura. Distraída, divisó a cierta distancia una figura que le resultaba vagamente familiar. Pero si no conozco a nadie de esta parte de la ciudad, le reprendió a su imaginación. Sin embargo, a medida que se acercaba, reconoció a aquella enfermera impertinente de la clínica donde habían operado a Víctor. Una de las tantas *mujeres jóvenes* que la torturaban en su antigua existencia. Qué extraño volver a verla, se dijo Ana María, debe vivir por aquí, qué buen ojo tengo, la reconocí aun sin el uniforme. Es bastante bonita, aunque eso ya lo pensé cuando la vi en el hospital, no niego que me cayó mal de inmediato. Todo esto se dijo Ana María mientras la mujer en la vereda del frente se detenía un instante, dejaba la bolsa de pan que traía en una de sus manos sobre la reja de un jardín y con la otra mano trajinaba la cartera, buscando las llaves, supuso Ana María. Miró bien el número de la casa, no, no era al que ella se dirigía, no era el lugar del tarot, por suerte. Y antes de que la enfermera consiguiera encontrar la llave, la puerta de su supuesta casa se abrió. Un hombre mayor, calzando zapatillas de levantarse y enfundado en una bata, alto, macizo y con el pelo claro, un hombre guapo, la llamó.

¡Mi amor!

Al levantar ella la cara, se suavizó su expresión y en un instante corría a sus brazos.

Ana María demoró unos segundos en reconocer al hombre que llamaba a la enfermera. Apenas lo que tarda una mente para caer en cuenta de la realidad.

A lo lejos creyó escuchar el relincho de una yegua.

Damascos y calabazas

Todo se resumía en una cuestión de damascos y calabazas. Como si la vida fuese una huerta. Pero aquélla fue una reflexión posterior.

Leticia abría los ojos cada mañana, miraba el jardín a través de su ventana, se concentraba en el verdor de las hojas del naranjo y sentía un golpe de energía, como si alguien la apuntara con una manguera y el helado chorro de agua penetrara cada resquicio de su cuerpo. Nunca abandonó la cama con reticencia, nunca ese vago malestar matutino, el que confirma que somos quienes somos, que aquí estamos sin alternativa. En la cocina, al lado de la cafetera, mantenía las listas: cada noche antes de acostarse escribía las actividades del día siguiente; a más líneas anotadas, más redonda se le presentaba la jornada. Era una mujer muy resolutiva, abrumadoramente eficiente. Frenética, se la podría haber calificado, casi exuberante en su perpetuo movimiento. No tardaba en el baño más de lo necesario, una ducha rápida y fortificante, un toque de carmín en los labios. Tomaba su bolso de cuero, repleto de papeles —los que iría resolviendo en las horas venideras— y sintiendo todavía el pulso que le traspasaba el pedazo de tierra marrón mojada que veía al despertar bajo el naranjo, desertaba la casa y enfrentaba las calles, ignorando la triste humanidad decaída. Todo semblante se le antojaba amable. Volvía tarde, agotada, pero con el deber cumplido. Y mientras saboreaba el último café del día, alguna frase de sus amigas le rondaba por la cabeza. A veces la tildaban de anticuada, se habían cansado de repetirle que la vida moderna, por hostil que resultase para tantos de sus moradores, tenía sus conveniencias, como por ejemplo moverse menos por la ciudad y resolver cuestiones en línea. Leticia manejaba bien su computador y en sus horas de ocio adoraba vagar por la red y hacerse de vidas prestadas, de informaciones desconocidas, de sorpresas obsequiadas. Pero ella creía firmemente que una cuenta se paga en una oficina. Una carta se echa al correo. La comida se adquiere en el supermercado. Los zapatos se arreglan en el zapatero. Un depósito se hace en el banco. Los textos —correctora de pruebas era su oficio— se entregan por mano. Se discute con palabras cara a cara, no por el aire ni por ese espacio sin rostro ni certezas. Y los mejores diccionarios están en la editorial y es allí donde hace su trabajo, no en una habitación de la propia casa, donde irrumpen las distracciones por cada esquina. En fin, Leticia juzgaba a sus amigas un poco perezosas, pero lo hacía blandamente, sin encono. Recordaba relatos de gente excéntrica que se aislaba, personas que se encerraban en sus casas sin salir, incluso la historia de una mujer un poco loca que se fue a vivir a la punta de un edificio y no bajó nunca más. El mundo está allí afuera para tragárselo, decía Leticia, no para esconderse de él. Junto a su hogar a ras del suelo, palpando el nivel de la tierra que cubría sus plantas, sentía algo que le habría costado explicar: el peso. Ese peso necesario, esa ley de gravedad que le evitaría salir disparada.

Así vivió hasta el día en que tocaron a su puerta los directivos de una empresa constructora. Fue informada de que todos los propietarios de las casas de su manzana habían accedido a vender —a buen precio— para que se instalara allí un edificio de departamentos. Si ella se negaba, permanecería sola y aislada entre enormes bloques de cemento, recordando una vida que ya no era. Aunque quiso reclamar y patalear, comprendió que su suerte estaba echada y, sumergida en el descontento pero siempre imperiosa, partió en busca de un lugar para vivir. A poco andar se le hizo evidente que las casas no iban a ser una opción: o eran demasiado grandes, o requerían muchas medidas de seguridad o pedían demasiado por ellas. Y las más bonitas quedaban lejos, en barrios muy apartados. Se entregó a la idea de cambiar el diseño de su cotidianidad y comprarse un departamento.

Encontró un edificio de todo su gusto, en un barrio residencial de árboles frondosos y veredas amplias donde paseaban ancianos con sus enfermeras y jóvenes madres con sus cochecitos. Su altura terminó de convencerla: sólo tenía seis pisos (la idea de un edificio muy alto la angustiaba, le daba vértigo imaginarse mirando el mundo a través de una gran elevación). El último piso estaba en venta: el penthouse. Solo en su pequeña cumbre, sin vecinos inmediatos, sin sonidos al lado ni arriba, rodeado de espaciosas terrazas, nadie pisaría su techo, nadie lo invadiría con el ruido tonto de la televisión, nadie lo miraría desde un balcón vecino. Su independencia era bella. Leticia, que aún lloraba por su antigua casa, pensó que dentro de la infelicidad que la aguardaba, al menos aquel lugar haría su vida más llevadera. Lo compró y se instaló.

Durante los primeros días ensayó continuar con la rutina de siempre. Sólo abandonaba el piso un poco más tarde que su costumbre porque se entretenía contemplando las nuevas plantas —en maceteros ahora, no más en tierra firme— con que había poblado las dos grandes terrazas. El riego automático hacía el trabajo por ella, no es que se entretuviera regándolas sino sólo mirándolas. ¡Eran tan hermosas! Tres grandes macetas albergaban tres naranjos, ¿resultaba indispensable contar con un jardín? Al cabo de un rato se reprendía a sí misma, ¡qué ociosa te pones, Leticia!, y salía a comenzar su agitada jornada. Cuando cumplió una semana en su piso nuevo, se dio cuenta de que no sólo se demoraba en salir en la mañana sino que, además, llegaba más temprano en la tarde. Es que mientras efectuaba uno de sus tantos trámites, recordaba la luz dorada de cierta hora que caía sobre su sala de estar y se apresuraba para no perdérsela. Y la vista, la vista hacia la cordillera era privilegiada, rojos, morados, azules, los cerros cambiaban constantemente de color, ¿cómo ignorarlos?

Una mañana, mientras bebía el café en la nueva cocina, pensó que debía arreglar aquella habitación que había dejado vacía por no saber aún qué uso darle. Con la taza en la mano, se dirigió hacia ella y la escrutó desde el vano de la puerta. Un estudio, se dijo, es perfecta para un estudio, pero de inmediato se respondió a sí misma, ¿y para qué necesito yo un estudio si trabajo fuera de casa?, ¿quizás para instalar el computador?, lo pensaré el fin de semana, ahora no tengo tiempo, y partió, como siempre, apresurada. Pero a la mañana siguiente, en vez de salir, resolvió ordenar la habitación. La concentración que empleó en convertirla en un lugar agradable hizo que, luego de muchas horas, mirara el reloj y cayera en cuenta de que ya no valía la pena salir. Engrosó su lista aquella noche agregando en ella las «faltas» del día anterior.

Pero cuando la releyó a la mañana siguiente, mientras bebía la segunda taza de café, comprendió que no alcanzaría a cumplir tantos objetivos, por lo que tomó el teléfono y resolvió de esa forma varios de sus ítems.

El segundo fin de semana que pasó en el penthouse se encontró tan a gusto que, en vez de ir de compras, llamó al supermercado para que le enviasen el pedido. Reconoció en su fuero interno las comodidades a las que aludían sus amigas y creyó merecer el dejarse llevar por ellas de tanto en tanto. Y cuando llegó el lunes, se acercó lentamente a la habitación que había convertido en estudio y se dijo, con cierta timidez, ¿qué tal si pruebo a trabajar aquí, sólo por hoy?

Al atardecer, sentada en la terraza que da a su dormitorio, observando el verdor de las hojas de los tres naranjos en sus macetas, el tiempo avanza como un reloj cansado y Leticia no lo siente. La embarga una extraña plenitud desconocida hasta entonces, un bienestar nuevo que es calmo, que es sereno, con instantes de una quietud profunda y extraordinaria que hasta entonces ella nunca ha gozado. Tal pensamiento la lleva a otro, y se pregunta cuál es la índole del equilibrio. El momento de perfección es muy corto en una vida, se dice. Un damasco, visualiza la forma de un damasco cuando es aún una fruta pequeña y dura, de un verde incierto. Luego madura: ése es su instante de perfección, cuando sus colores se han tornado amarillos y rosados, cuando su carne se ha ablandado. Pero ese momento no dura: la naturaleza se encarga de acortar sus proporciones y armonía, de marchitarlo muy luego y de pudrirlo, más tarde, hasta llegar a la aniquilación debajo de la tierra. De todas las frutas, la vida del damasco debe ser la más corta, afirma Leticia. Entonces recuerda las calabazas. El tiempo de juventud en ellas es largo, aspiran desesperadamente a crecer y a ganar peso, pegadísimas a la tierra. Su realización máxima es el peso. Cuando llegan a él, al madurar, comienza de inmediato el despegue y todo lo que anhelan es vaciarse y perder ese peso. Leticia piensa que en ambos estados la calabaza es sabia, que luego de adquirir el peso, no hay mejor idea que la de alivianarse hasta resultar casi insustancial o imperceptible.

Se levanta, va al dormitorio y toma el teléfono para avisar a la editorial que de ahora en adelante trabajará en casa y que enviará las pruebas corregidas por correo electrónico. Más tarde entra por Internet a la página de su banco y da la instrucción de que todas sus cuentas se paguen automáticamente. Mañana llamará al supermercado y pedirá un envío semanal. También exigirá a la tintorería que pasen a recoger la ropa. Y los zapatos; no los necesita de momento, algún día les pondrá la suela nueva.

Misiones

Y todo por culpa de las cataratas de Iguazú.

Mohamed Azir dijo llamarse. Nubes polvorientas de historia atávica cruzaban su expresión como si cada antepasado le hubiese legado una tormenta de arena. Sus ojos eran redondos, vivos, negros, tan densa la negrura como un terciopelo antiguo. Así era Mohamed.

Junto a mi mochila acarreo, a pesar mío, un par de defectos: uno de ellos, el de sobreinformar al interlocutor sobre mí misma. Es una tendencia vana e inútil; al fin y al cabo, ¿a quién le importa cuál es la verdadera vocación, trabajo, familia, o, si hilamos más fino, esencia del que está al frente? Pues bien, ahí estaba yo, sentada en un asiento de cuerina negra en el bus que me llevaba desde el aeropuerto de Ezeiza al de Aeroparque, regalando datos biográficos que bien pude callar.

Estudio literatura. Sí, literatura hispánica.

¡Qué grata coincidencia!, fue su inmediata reacción y enseguida agregó esa frase que tantos repiten y que yo tanto temo: estoy escribiendo una novela. Otro más. El mundo, ante mis ojos, ha llegado a dividirse en dos: los analfabetos (que cada día son menos en esta parte del mundo) y los que desean ser escritores. Como si no hubiese intermedio: no sabes escribir o lo quieres escribir todo. No es raro, entonces, que los únicos dos sujetos que descendieron del avión que venía desde Santiago desdeñando una estancia en la capital de Argentina fuesen un virtual proyecto literario. Al menos, así lo creí en el momento. Y también me pareció natural compartir asiento con él camino a Aeroparque.

—¿Y no te detienes en Buenos Aires?

—¿Es que *todos* los chilenos deben detenerse en Buenos Aires?

—A todos les gusta ir de compras.

—Me carga ir de compras. Además, no tengo plata.

No existe el estudiante rico. Quizás en el Principado de Mónaco, pero no entre la gente común y corriente. Y este dinero con el que viajaba lo había ganado con dificultad. Resultó del dato de un amigo de un amigo, ya saben, lo de siempre. La agencia publicitaria necesitaba una mujer joven para que recitase un par de frases a la verdadera protagonista del comercial sobre las bondades de un nuevo detergente. Sólo aparecí diez segundos en la pantalla pero me citaron varias veces, desde el casting hasta la toma final, y el día de la filmación me pareció eterno: la actriz central, la que ganó el dinero como para ir a Alemania si lo deseaba y no al otro lado de la cordillera como yo, trabajó un cuarto del tiempo del que dispusieron de mí, la iluminación estaba lista a su llegada, no debió ensayar, lo hizo estupendo de una sola vez y partió. Bueno, no me quejo. Gracias a eso pude ir tras las huellas de Horacio Quiroga y darme el gusto de tomar dos aviones y, sin detenerme en el puerto, volar directo hacia Misiones.

Misiones: una palabra cuya sola modulación evocaba en mí un universo.

En el primer avión, él ya me vio. Y yo lo vi.

El objetivo de su viaje, según me dijo, eran las cataratas de Iguazú. ¿Qué se te perdió en el río Paraná,

Mohamed? Como un folleto de turismo me pareció. Siempre el turismo. (Lo odio. También a los turistas. Me niego a aceptar ese paso para conocer el mundo. O se viaja como Paul Bowles o mejor quedarse en la pequeña provincia señalada. Mi padre agrega esta opinión mía a la lista de lo que él llama «mis pedanterías». No importa, si no soy pedante ahora, ¿cuándo? Veo los aeropuertos como enormes máquinas que tragan energía, concentración y tiempo en vez de monedas; los aviones, unas cajas imposibles, herméticas e insalubres, más encima apretadas e incómodas, donde está permitido emborracharse pero prohíben fumar. Las colas en los museos, los mapas, las aglomeraciones, los cajeros automáticos que rechazan justo tu tipo de tarjeta, el superyo desplegado ante la arquitectura y la historia, para no hablar de los best sellers, llámense Torre Eiffel, Acrópolis, Buckingham Palace o Coliseo. Difícil dejarse seducir por la perspectiva de las múltiples cámaras japonesas, de fotos o filmadoras, las que sean, y la convivencia demasiado estrecha con todos aquellos que, de vuelta a casa, miran el mundo tras la lente. Agreguemos el frío horrendo o el calor insoportable... El hecho de que nuestras vacaciones aquí en el sur coincidan con las temperaturas desaforadas que se ignoran en mi tierra termina por ser lamentable.) En fin, todo este largo paréntesis para explicar cuán inconcebible me pareció que alguien se dirigiera a Puerto Iguazú a mirar las cataratas como objetivo absoluto y final. Coherente resulta desviarse hacia un lugar determinado cuando el recorrido general es vago, poético y sólo el destino te acerca a lo obvio. Pero la obviedad desnuda, ¡Dios me ampare de ella! Y eso fue lo que pensé de Mohamed y su ambición única de mirar las cataratas de Iguazú.

También me interesa el fenómeno de las tres fronteras, agregó, como si me leyera el pensamiento. Bueno, de acuerdo, es raro que exista este punto en un continente de tierras enormes y algunas aún deshabitadas, tres países en una esquina. Podríamos ir juntos, me sugiere ya volando hacia Misiones. Yo le explico con paciencia que es la selva atlántica la que me llama y que, lentamente, cuando sienta que ha llegado la hora, me acercaré a las cataratas, siempre en Argentina. El lado brasilero es el más hermoso, insiste, lo que es una injusticia, agrega, ya que Argentina pone las cataratas y Brasil la vista. No sé cómo hacerlo partícipe de mi deseo, el de acercarme a Horacio Quiroga, al canto de los pájaros en guaraní, al chopí, al pilincho, al pitihué, a la calandria, al camino que haré desde Puerto Iguazú hasta San Ignacio, casi al llegar a la capital de Misiones, a sesenta kilómetros de Posadas para encontrar, junto a las ruinas jesuíticas, la casa que aún está en pie donde vivió el Quiroga mío. Pero él insiste, trata de convencerme para que lo acompañe. Es divertido, dijo, podremos pisar tres países dentro del día, como si estuviéramos en Europa. Ven conmigo a Paraguay, a Ciudad del Este, cruzamos por Foz de Iguazú en Brasil y luego volvemos a Argentina, ¿qué te parece?

—¿Qué llevas allí que parece importarte tanto? —pregunté, desviando el tema hacia otro foco.

Desde que lo divisé la primera vez, saliendo de Santiago de Chile, Mohamed nunca ha soltado su bolso. Es un maletín rectangular verde oscuro que imita el cuero y que me recuerda a los antiguos James Bond que caracterizaban el equipaje de los ejecutivos. Ni qué decir, a éste, el que Mohamed acaricia y aprisiona, no le pondríamos tal etiqueta, es más informe, más ajado, más barato y feo que los de entonces.

—Mi manuscrito.

Al decirlo, apareció algo como un relámpago en sus ojos, un destello, no sé exactamente qué pero refulgía. Pensé, algo turbada, cuán cierto era su deseo de ser novelista.

—¿Y por qué lo traes?

—Porque no me gusta separarme de él. Además, espero trabajar en los ratos libres, ya sabes, estoy en las correcciones.

Su respuesta me pareció de un enorme candor, sin embargo, la réplica apareció sin ningún control mío.

—Un vuelo de avión es el non plus ultra de «los ratos libres», ¿por qué no lo has aprovechado?

—Porque prefiero conversar contigo.

Mentirilla. Durante el tramo Santiago-Buenos Aires aún no me abordaba y no le vi abrir su bolso ni una sola vez. Es más, ni siquiera tomó un libro durante las dos horas, cada vez que mis ojos dieron con su figura, ésta se abrazaba al manuscrito. Mirándolo, recuerdo haber pensado en algo lejano, conmovedor; él evocaba un raro anhelo, una plenitud, como un tren de juguete que, con la cuerda ya puesta, cruza sincera y tranquilamente las montañas.

Luego mencionó el rocío que desprendían las cataratas desde lejos y cómo de cerca podríamos dejarnos salpicar, mojarnos incluso, por esa fuerza colosal del agua en la caída. Agregó algo de fenómenos de física que no retuve. Hablaba en un tono tal que, sin ser monótono, relajaba cada vértebra de mi columna, como dedos expertos que saben abordar con exactitud un músculo adolorido. A la vez, algo en la solidez de su voz resultaba invitador, como un paquete de regalo. Pensé en el complejo de Electra, en cómo damos la vida por un poco de protección.

Calculé que el tatú carreta, esa especie de tortuga que algunos humanos insisten en transformar en estofado, no aparecería aún pues faltaba para una noche de luna. Contaba con mucho tiempo.

Misiones y la humedad no sólo se hermanaban, eran amantes simbióticas fundidas una en la otra. Claro, yo contaba con esa información, lo había leído, pero qué distinto fue sentirlo, como sucede con todo lo que se aprende en la vida desde el nivel del intelecto. El camino desde el pequeño aeropuerto a la ciudad, sentados en el bus Mohamed y yo, fue una lenta adaptación de las retinas al color verde, aterradas las mías de saturarse y pasar por alto un tono. Yakarta, dijo Mohamed como referencia. Huatulco, contesté yo, y para no contradecir a mi padre con lo de la pedantería, agregué: antes de que llegaran los turistas. Graham Greene, dijo él. Horacio Quiroga, respondí yo. Entonces él comenzó a ordenar su invitación: primero, Ciudad del Este, ¿ves?, me señaló apuntando, aquél es el río Paraná y los cerritos aquellos, Paraguay. Y allá, allá está Brasil. Tan a mano las tres fronteras, repitió. Recordé un artículo que había leído sobre Ciudad del Este cuando aún se llamaba Ciudad Stroessner. Un infierno, ése era mi recuerdo, ningún detalle en mi memoria, sólo eso: un infierno. Una ciudad no ciudad, un lugar de mierda. ¡Y con ese nombre! Claro, si de megalomanía se trataba, hubo hasta hace poco una Leningrado, pero a ella la arropaban aires de tal grandeza relacionados con la valentía, con una cultura y una arquitectura de embeleso, que al evocar su nombre una se hacía menos preguntas, quizás por culpa del cerco o del Hermitage. De todos modos, se es más condescendiente al honrar a un hombre que transformó la historia, o que al menos dio rumbo a todo un siglo, que a un militarote abrutado que, si de huellas se trata, habría que buscarlas entre sus víctimas en los cementerios. Bueno, hablando de víctimas, también existió Stalin..., pero al menos, aparte de la maldad, él ganó una guerra mundial, lo que no es poco. Ya, no continuaré con esto de los nombres delirantes, no es el objetivo de este relato. Sólo dejo claro que ha habido ciudades nombradas por monstruos mayores y otras por monstruos menores y Ciudad Stroessner es una de estas últimas, si no la única.

—Dicen que se ha transformado en un lugar peligroso —le comento a mi acompañante.

—¡Qué va! —exclama, restándole toda importancia a mis palabras.

—Sí, créeme, así lo he leído. Demasiados árabes para el gusto norteamericano, que si las platas para el terrorismo pasan por allí, que si Al Qaeda..., ya sabes. Mucho gringo controlando el lugar.

No pareció escucharme, concentrado como estaba en absorber el paisaje, lo distraían de mis comentarios las palmeras abiertas y los pinos rectos como la justicia.

Ya cantaba el zorzal cuando subimos a unas motocicletas anticuadas —parecían muy endebles— que por un real nos llevaban a Ciudad del Este, haciendo arriesgados malabarismos para avanzar entre la muchedumbre compuesta por todo tipo de vehículos y peatones. Por sólo milímetros no nos estrellamos con la enorme caravana (yo miraba, alarmada, cómo Mohamed se aferraba al maletín con el manuscrito más que al conductor). Sin embargo, lo más fuerte fue la sensación que me invadió al llegar al centro de la ciudad: todo lo que me rodeaba era una demencia. Esto es como la India o Bangkok (en su versión fea), este lugar no es latinoamericano, nuestro continente es demasiado vasto para contener tanta población en tan pocos kilómetros cuadrados. Su arquitectura me pareció precaria, pasajera, construida sin ton ni son. Aquí hay algo de derrota, me dije en absurdo silencio interior, como si pudiese coexistir con los gritos de los vendedores ambulantes, las bocinas del tráfico embrutecido, el asedio en cada puesto de ventas, el brillo de los equipos Sony y el dorado de las zapatillas Puma que no eran Puma, enamoradas ellas de la polvareda despiadada y del pavimento y de un calor del diablo con una humedad haciéndole juego. Como en una Torre de Babel caminábamos entre un quiosco y otro agarrando retazos de español, de portugués, de guaraní, hasta de árabe. No logré divisar un árbol, ni uno solo.

Mi desánimo entró en aumento al observar y caminar por este pedazo de tierra que daba la impresión de nunca haber procedido de una cultura amante del sosiego. Y pensé que hasta el espíritu más vital se marchitaría sometido a un régimen de exceso: de ruido, de codicia y de sol.

Mohamed me enseñaba todo aquello lleno de entusiasmo y diversión, como un niño que no percibe las sombras. De tanto en tanto se entretenía en algún puesto de discos piratas o de lentes de las más elegantes marcas, y conversaba con algún paisano. No compraba nada, sin embargo, me dio la impresión de que su sangre árabe le impedía abstraerse de todo aquel regateo entre cliente y vendedor. Cuando al fin tomó mi mano y nos encaminamos a comer algo en una calle apartada del camino, se lo agradecí, más que por la fatiga o el hambre, por un impulso ingobernable que me llamaba a escapar de allí. Me dejaba guiar, ciega y absorta, como si me hubiesen quitado el entendimiento. Pensé que, si por alguna razón debiese quedarme a vivir en esa ciudad, muy pronto perdería la cordura.

A las alturas en que Mohamed, con el hambre saciado y la sed colmada, decidió que nos anotásemos en aquella pequeña pensión y descansáramos, no ofrecí resistencia. Exhausta, primaba en mí la certeza de que ya no era dueña de mí misma, como si esa ciudad me hubiese envilecido y perturbado la voluntad. Y cuando la mujer de mediana edad con un ribete de oro en ambos dientes delanteros nos enseñó la habitación, tan gris y triste como todo lo que la rodeaba, me mostré agradecida como si nos hubiese introducido a la suite de un hotel de lujo. No me preocupó compartir el cuarto: el brillo aterciopelado de los ojos de Mohamed había desaparecido. Dejó el maletín en el suelo, se tendió vestido en la cama, y se durmió. Yo hice lo mismo. Antes de entregarme al cansancio, noté que las murallas no eran grises sino de un color verde agua muy sucia y miré por la ventana. Sólo alcancé a percibir el cambio de la atmósfera, la retirada del sol dando paso a una luz lechosa y a las primeras gotas de lluvia.

Horas más tarde desperté de forma violenta e inesperada. Un enorme sobresalto me obligó a comprender que aquellos golpes no formaban parte de mi sueño. Al abrir los ojos no supe distinguir bien dónde estaba ni en qué situación me encontraba. Sólo percibí una ausencia. La cama era toda mía. No, no era una pesadilla, de verdad golpeaban a mi puerta. Golpeaban y gritaban en algún idioma que no era ninguno de los que escuché durante el día, ni español, ni portugués, ni guaraní ni árabe. Tardé años en encontrar el interruptor de la lámpara en la mesa de noche, como sucede con cada habitación en que se duerme por primera vez, recordándonos cuán automáticos resultan los movimientos en un espacio conocido. Pero de nada me sirvió, la luz o su carencia no variaron los acontecimientos. Sin alcanzar a reaccionar, mi asombro y yo. La escena parecía sacada de una mala película de la tele, de aquellas domingueras que anuncian puños contra tiros. Mi grito me ensordeció a mí misma más que los suyos, los de aquellos dos hombres que, pistola en mano, cubrían mi campo de visión.

Todo sucedió con una rapidez mareadora. Preguntaban por Mohamed. Recién entonces comprendí que hablaban en inglés. Uno de ellos, más bien pequeño, regordete y con una fea barba colorina de un par de días, se echó al suelo y alargó su cuello rojo debajo de la cama profiriendo maldiciones. The money, exclamaba o preguntaba o insultaba, the money. Revolvió todo lo que estaba a su alcance, sábanas, frazadas, mochilas, repitiendo aquel estribillo ante mis oídos incrédulos y mi cuerpo anonadado. ¿De qué dinero me hablaba, qué quería este hombre? El otro, rubio y muy fornido, un poco más guapo que su compañero pero igual de aterrador, me apuntaba desde la puerta, controlándome, como si yo pensase hacerles frente. Me sorprendió la calma que reinaba en aquella casa que ofrecía alojamientos, como si mi grito gutural la hubiese dejado indiferente. ¿Es que a nadie le importaba tal vejación? Entendí pronto que no acudirían a defenderme pero la angustia por ese hecho no duró demasiado pues también supe, como por instinto, que no me tocarían, que yo no les interesaba en absoluto. Incluso parecieron creerme cuando les expliqué, ya las pistolas de vuelta al cinto, que no tenía ninguna idea sobre el paradero de Mohamed y que efectivamente lo había conocido el día anterior en el avión.

Lo registraron todo.

Petrificada durante horas, no llegué a moverme, ni siquiera fui capaz de cambiar mínimamente la posición en que me había quedado. La pequeña habitación verde agua de aquella casa de Ciudad del Este guardó cada efecto del total caos en que la dejaron, como una vulgar escenografía de cartón piedra que más tarde, tal vez, volverían a ocupar. Maltrecho como una mariposa nocturna cuando ya ha llegado el día, se veía el maletín vacío de mi amigo, como a veces los zapatos de un niño muerto al lado de su cama. Recordé las tormentas de arena en sus ojos.

Hui de aquel lugar horrible con las primeras luces de la mañana. La mujer de los dientes ribeteados de oro escuchó mis pasos y, envuelta en una raída bata azul, salió a despedirme. Cuando le pregunté si le debía dinero, respondió que Mohamed ya había pagado la noche anterior. El tono de sus palabras, con un dejo de acento extranjero, fue amable y confortante y me conmoví, como si nunca nadie me hubiese tratado con simpatía. Supuse que aquello era uno de los efectos de la noche pasada y su pavor. Como si quisiera alargar el instante para que no se disolviera, la miré con intención, quizás con complicidad.

—Al menos alcanzó a llevarse el manuscrito.

—¿El manuscrito? —me preguntó, como si le hablase de algo extraordinario y desconocido.

—Sí, el que llevaba en su maletín —afirmé—, no se separaba de él.

—Ah, el manuscrito —una chispa en sus ojos, algo muy tenue pero presente, la delató—. El manuscrito —repitió.

Desconcertada, la miré fijo, en silencio. Y ella no pudo resistirlo, se llevó las manos a la boca para ocultarla, pero la carcajada se abrió camino por cuenta propia mientras ella desaparecía detrás de una puerta.

Me pregunté más tarde, ya adentrándome en la selva del lado argentino, cuántas connotaciones podría tener una carcajada. A poco andar, no quise saber de respuestas. Total, mi inocencia de todos modos tenía los días contados.

Charquito de agua turbia

Intranquila y salvaje, demostrando cuán mezquina puede a veces volverse la serenidad de la noche, bailaba la prenda sobre el parche de oscuridad: un vestido azul celeste con dos hileras de botones de nácar en el busto y un raso con incrustaciones de concha de perla en la cintura, como las últimas plumas de una almohada celestial. Insistía en redondear el espacio con movimientos casi obscenos, meneándose de izquierda a derecha, de derecha a izquierda, levantando los vaporosos vuelos de la falda hacia arriba mostrando los muslos, hacia abajo atisbando el trasero, hacia arriba, hacia abajo, pum paf, paf pum, y tin tin, como sonaba el nácar de los botoncitos mientras el paño azul celeste los sujetaba, recio, no se me escapen, pequeños, en este diseño vuestra presencia es fundamental, jueguen, salten, pero no se les ocurra partir y abandonarme. Al costado de la falda, en el borde, dos hileras de encaje blanco oscuro —ese blanco de las tardes de domingo veraniego en la ciudad—, ese blanco y no otro era el que cerraba y obligaba a los vuelos de organza azulina a imponer cierto sosiego, regalándole al vestido cuotas importantes de fantasía un poco romántica, un poco doméstica.

El día lunes, entre los fajos de carpetas de declaraciones de impuesto a la renta pertenecientes a seres lejanos y desconocidos cuya existencia era para ella sólo virtual, una forma nebulosa apareció enfangando las cifras sobre el papel verde claro, tan feo ese verde al que su jefe era adicto, un verde borroso e insulso que a ella, tras cuatro o cinco horas de trabajo, llegaba a marearla y al mareo se añadía un zumbido molesto que pretendía insinuarle, poquito a poco, que su vida se teñía a menudo de ese mismo tono mortecino, y que el tiempo pasaba. Inexorablemente, agregaría la señora Rosario, que adoraba coronarlo todo con algún lugar común. Ese verde claro. No le llevó más de un instante reconocer la forma nebulosa que había osado mezclarse entre las cifras de las carpetas: era el vestido azul celeste con que había soñado.

(Todo comenzó aquella mañana —un mes atrás— al tomar la micro en la esquina de su casa. Siempre la misma micro, a las siete y media en punto, con o sin luz, con o sin sol, lloviera o relampagueara, sin importar nada la intención de la naturaleza de repeler o dar una cálida bienvenida. Lo único especial de ese recorrido fue la visita, con guitarra en mano, de un chico pobre y enclenque, bastante sucio y mal vestido, que, madrugador, comenzó a ofrecer canciones a los pasajeros. Cuando se acercó a su asiento y empezó a cantar —siempre iba sentada gracias a que el paradero principal de donde partía la micro quedaba a pocas cuadras de su casa—, ella dio un respingo. A esa hora, aturdida, nada recordaba de sus delirios nocturnos, pero al escuchar la voz del chico, que hablaba de un sueño con serpientes, cayó en cuenta de que también ella había tenido un sueño, el primero de todos: dentro de un enorme y abismal espacio rojo bermellón, bailaban, como pequeños planetas, botones y más botones. Miles de botones de diversos tamaños, cada uno en solitario, irremediablemente desparejados, ejecutaban una extraña y casi macabra danza en la órbita, desesperados por mostrar

—¿a quién?— su propia originalidad: el nácar, el azabache, la concha de perla, la madera, el hueso. Incluso un pequeño impertinente, escondido por allá atrás, osó exponer su plástico. Estas imágenes golpearon su cerebro a las siete y media de la mañana como si fuesen el resultado de algo terriblemente nuevo y no de un sueño ya soñado. No se trataba de las serpientes de Silvio, no, pero el temor de ese recuerdo le sugirió que podrían ser más peligrosas. Estaba convencida de que si el chico con la guitarra hubiese subido en la micro siguiente, el sueño habría quedado en el olvido y, qué duda cabe, su vidita en paz.)

Con el vestido azul celeste en sus retinas y en sus sienes, se despidió aquella tarde de don Jaime a las seis en punto, dejando como cada día su escritorio exageradamente ordenado —como si al día siguiente no fuese a desordenarlo otra vez—, el tintero al lado del computador, la pluma casi pegadita al teclado —la tecnología no lo es todo, señorita, ciertos trabajos en este despacho deben ejecutarse a mano—, la pesada calculadora tan demodé en su gris acero y sus números enormes, las carpetas de cartón liviano, tantas carpetas, numeraditas todas, con sus códigos de identificación y sus cartones amarillentos, ¿por qué los fabricantes confeccionaban un amarillo así?, si al menos insinuara la nobleza del paso del tiempo, pero no, saliendo de la fábrica ya parecía tener cien años, como don Jaime, como la señora Rosario, como aquellos muros también verdosos con algún resto de humedad, como todo lo que aquella oficina de contabilidad engullía. Cada tarde, antes de despedirse, a siete minutos para las seis, se levantaba de su silla, ya pesado el cuerpo, ya volatilizada cualquier ilusión, ya curvada la espalda, se dirigía al cuarto de baño, oscuro y pequeño como una cárcel marroquí construida especialmente para subversivos en medio del desierto, y extraía del bolsillo de su uniforme o delantal —no le quedaba claro qué era exactamente aquella prenda, indefinida masa de tela color café claro que usaban todos allí— su peineta de carey. Preciosa le parecía la peineta, regalo de su abuela. La guardaba en el cajón superior de su mesa de trabajo, muy escondida al fondo, no fuese a suceder que alguien la encontrara, y si la mala suerte así lo quisiera, que al menos apareciera maniáticamente limpia e inmaculada pues su dignidad sufriría un mortal agravio si un cabello suyo quedase allí agazapado, atravesando o ensuciando algún diente del carey espléndido. Don Jaime no miraba con buenos ojos los muebles cerrados con llave, ¿es que tienen algo que esconder, en mi propia oficina? Si la antipática mujer de la limpieza, esa tal Roxana, encontrara al espiar un rastro de su cabellera, Señor, ¡qué humillación! Total, para las cuatro mechas que tienes, habría dicho su madre. Pero ella se reafirmaba a sí misma sintiéndose una persona muy recatada, muy limpia, muy bien educada. Y siempre peinaba su cabello al salir de la oficina para enfrentarse con el mundo de afuera, aunque allí nadie la conociera o fijara sus ojos en ella. Cinco minutos se peinaba, una eternidad según el concepto de tiempo que compartían don Jaime y la señora Rosario, para arriba y para abajo la peineta de carey hasta que su voluntad se convenciera, sí, mi vida, está sedoso, ordenadito, no te afanes, corazón, igualito a como lo has llevado desde la secundaria, no temas, te ves exactamente igual a ti misma, como cada día desde tus últimos catorce o quince años de vida; ya puedes salir a la calle, sentirte segura, nada, créeme, nada en ti llamará la atención, tal como lo aprendiste cuando emitiste el primer suspiro. Desde tu más tierna infancia, habría acotado la señora Rosario. La imagen que le devolvió el borroso espejo de aquel baño-panteón era, a pesar de todo, nítida. No por culpa de la luz, qué va, es que su peinado era tan predecible que aun en la noche más laberíntica y oscura reconocería aquel pelo liso y largo, aquella raya en el centro, aquellos dos paños de cabello delgado color ratón que, sin una pizca de volumen, caían hasta sus hombros separando su cabeza en dos. Simetría absoluta. Orden total. Bonita chica esta, tan modosita sin ser remilgada.

Aquel día lunes —son marrones los lunes, ¿verdad, abuelita?, sí, mijita, y los martes son verdes y los sábados rojos— abrió la puerta que daba hacia la calle, ansiosa de respirar, y allí, en el vidrio esmerilado, entre las letras pomposas y regordetas que anunciaban el nombre de don Jaime, vio el vestido azul celeste. ¿Cuántas veces se le había aparecido durante la jornada? Hizo un esfuerzo por contarlas, pero aun así temió olvidar los detalles. En un estado de énfasis desacostumbrado en ella, entró al café que colindaba con la oficina y tomó la rara decisión de sentarse en una mesa. Por cierto, nunca, en esa enorme acumulación de días y meses y años, nunca lo había hecho, ni se le había ocurrido. Su sueldo exiguo o su falta de imaginación o su temor de llegar tarde a casa, razones no faltaban, lo cierto es que se sentaba a una mesa de aquel café vecino por vez primera. Cuando el mozo la atendió y no supo sino pedir una cocacola, esperó ansiosa que su pedido fuese despachado antes de apoderarse de una servilleta de papel que descansaba plácida dentro del pequeño servilletero de plástico rosado y, presurosa, extrajo de su bolso el lápiz

Bic que vivía allí adentro sin saber muy bien para qué. En un instante, como por arte de magia, comenzaron las líneas a aparecer: botones de nácar, raso con incrustaciones, vuelos de organza, encajes. La servilleta, como toda servilleta de un café ordinario en el centro de la ciudad, pecaba de ser absolutamente blanca. Nada a mano para marcar el azul celeste, el gris perla plateado, el blanco oscuro. Pensó en la caja de cartón que guardaba debajo de su cama, a la que acudía muy de cuando en cuando para recordar su niñez, y su memoria enfocó aquel elástico que evitaba la dispersión de sus lápices de colores. Con suerte juntaría veinticinco. Quiso levantarse de inmediato y correr hacia el paradero para tomar la micro, volar hacia su hogar, hacia su caja de cartón y aquel elástico milagroso. Pero un golpe de soledad la retuvo: no se trataba de aquélla, la soledad natural, sino de la otra, la segunda soledad, la que duele.

Los trapos, todo es culpa de los trapos, gritaba su madre, y su voz, en aquel hogar de no más de sesenta metros cuadrados —imposible no escucharla— taladraba los oídos de cada uno de sus habitantes. En la pequeña cocina, sentada sobre un piso de mimbre, tía Valeria miraba hacia el suelo, gacha su cabeza, por fin humilde y derrotada. Los trapos. La abuela guardaba silencio pegadita a su máquina de coser, apretujada entre el refrigerador y la televisión en la sala de estar, doblando y retorciendo entre sus manos un pedazo de chiffon escarlata; andaría preguntándose si de verdad aquel color precioso y aquella textura sensual serían los responsables. Las niñas, como las llamaban, no osaban salir del dormitorio, el que compartían las cuatro en dos catres de madera con sus respectivos camarotes. ¡Era tan pequeña esa pieza! Pero ella, aunque por ningún motivo pisaría territorio enemigo, alargaba su cuello y atestiguaba todo, enfocando a su madre y a tía Valeria a través de la apertura de la puerta. En medio del alboroto, alcanzó a estrellarse con una sospecha ruin: las enseñanzas de su abuela frente a la aguja y la máquina de coser llegaban a su fin. Y junto a ellas, su tía.

Tía Valeria no tenía vocación de martirio. Creía firmemente que la vida era una y sólo una —por lo tanto, debía vivirse, habría agregado la señora Rosario—. Habiéndole tocado ser la hija menor de la abuela, terminó viviendo junto a ella en casa de su hermana mayor cuando ésta enviudó, contando sólo con una magra pensión y cuatro niñas a las que criar. Para incrementar los ingresos, la abuela, que siempre había tenido manos de ángel para la costura, empezó a hacerlo profesionalmente. Profesionalmente es mucho decir, pero instaló su máquina de coser en la sala, frente al diván donde dormía, y confeccionaba ropa para la gente del vecindario. De entre sus cuatro nietas pequeñas, comprendió muy pronto cuál sería la elegida para seguir sus pasos y a ella le enseñó. Cuando volvía del colegio, luego de hacer sus deberes, se instalaba en una silla al lado de la abuela y la ayudaba con las bastillas y los botones, mientras tía Valeria se entretenía con el cabello de su sobrina, rizándolo con unas tenazas calientes o peinándolo en trenzas que luego amarraba en la nuca o en la punta de la cabeza con una flor seca o una rosa de encajes. Era divertida la vida entonces. Tía Valeria salía a trabajar a una hora moderada, nunca muy temprano, pues la tienda donde atendía no abría hasta las diez y cuando volvía a casa, la inundaba con su risa, con gritos alegres o con historias divertidas. Su hermana viuda la miraba pensativa como a una recién llegada que habla en voz demasiado alta y que no sabe lo que está pisoteando con sus palabras.

No cabía duda sobre cuál era la gran pasión de tía Valeria, sólo para vestirme merecería haber sido rica, solía decir. Y atrapaba entre sus manos las telas que dejaba la abuela sobre la mesa en que comían, las hacía volar por el aire de forma que cayeran sobre su cuerpo, dúctiles y obedientes. Sólo popelinas aburridas, reclamaba, todas las vecinas se visten iguales, trajes camiseros, abotonaditos por delante, una tirita en la cintura y... listo, como si inventaran la vida sólo para usar batas caseras; ¿dónde están las sedas, los tafetanes, los crepes, los rasos brillantes? Y la abuela, con paciencia, le respondía, pero, hija, ¿y cuándo las ocuparían estas mujeres?, ¿para ir dónde? Entonces Valeria empezó a traer sus propias telas a casa para que su madre le confeccionara vestidos; el primer sábado de cada mes, luego de recibir su paga, se calzaba el gran bolso de cuero —aquel enorme pozo de soluciones, a los ojos de su sobrina—, tomaba el autobús a media mañana hacia la zona de la ciudad donde averiguó que vendían los géneros más baratos y volvía radiante a casa. Era su actividad favorita. Una amiga le había dado el dato y así comprobaba que, al por mayor o al por menor, podía hacerse con telas preciosas, incluso importadas, y que por el precio de dos metros en la tienda de su barrio, aquí compraba cuatro. Nada de popelinas ni de algodoncitos floreados; para ella, el fulgor, lo sensual, lo glamoroso. Eligió a la única de sus sobrinas a quien interesaban aquellas cosas y la invitaba cada mes a esta aventura, enseñándole a tocar, palpar bien el material, distinguirlo y nombrarlo. Al llegar a casa tomaba un papel y hacía el esfuerzo de dibujar el modelo que tenía en mente para que su madre lo confeccionara. Entonces, la sobrina elegida le recordaba que llevaba la mejor nota en clases de dibujo y haciéndose ella con el lápiz, escuchaba a su tía dictarle sus fantasías. A veces, la madre las interrumpía con la voz un poco agria, no entiendo para qué haces trabajar tanto a la abuela, Valeria, ¿dónde piensas usar un vestido así? Ya encontraré dónde, ya encontraré, contestaba casi cantando. Y se encerraba en el baño con sus tinturas para aparecer luego rubia, muy rubia. Se teñía el pelo desde siempre y con esmero y se lo cortaban en la peluquería del barrio con revista en mano: quiero parecerme a estas francesas, explicaba Valeria a las peluqueras, nada de pelos aburridos, lo quiero cortito, con movimiento, lo quiero vivo. ¿Y una permanente, Valeria? ¡No, por nada! Si así de liso se me dio, lo aprovecho.

Casi bizca, la mirada de don Jaime era oblicua al fijar sus ojos sobre ella a la mañana siguiente, parecía expresar una idea que se conformaba lentamente en su cabeza pero que aún no tomaba una forma definitiva. Como si se tratase de una intuición. ¿Estoy equivocado, señora Rosario, o anda un poco distraída la chica?, si habitualmente es tan concentrada... Ella no escuchaba pero pensaba aún en las serpientes de Silvio y en el muchacho delgado y desarrapado con su guitarra y su canción inocente. ¿Inocente? Recién ahora le retumbaban palabras que en un principio creyó no oír. ¿Había dicho algo sobre un corazón que muere de cordura o ella lo había inventado? Las cifras de una carpeta amarillenta volvieron a alejarse de su vista, como un viajero despidiéndose, y en su lugar apareció una mancha que escondía todo número. Lentamente, como si estuviese revelando una fotografía en un cuarto oscuro, la mancha comenzó a formar una nebulosa calipso: era la falda de gitana, esa falda repleta de vuelos, larga hasta el suelo, con mil cortes de un calipso profundo, como un pedazo de mar del Caribe, como un diamante disparatado; algunos eran opacos y otros brillantes, transformando así el mismo azul en dos colores que se diferenciaban sólo por la luz que cada uno destellaba, del opaco al brillo y del brillo al opaco. La falda era un capullo cada vez más abierto, cada vez más cercano al cielo. Sí, su sueño de anoche. Y esta vez había despertado, jurando que volaba de nuevo por una órbita colorida y en el espacio, con mucho esfuerzo, se apoderaba de esa falda, la tomaba por una punta, ésta trataba de escaparse pero al fin flotaba sujeta a ella. Al abrir los ojos reconoció su dormitorio y de inmediato la respiración de sus tres hermanas y, aguzando muy poco el oído, los ronquidos de la abuela desde el diván de la sala y los de su madre, más tenues, en la pequeñísima habitación vecina. Nada había cambiado, la falda de gitana lejos, muy lejos de ella, sólo le permitió constatar que el despertador sonaría una hora más tarde, que debería levantarse en silencio para no despertar a sus hermanas, ellas aún estudiaban en el colegio de la esquina, tenían derecho a un rato más de sueño. Iría a la cocina a preparar su almuerzo y subiría a la micro para sentarse allí durante cuarenta y cinco minutos ociosos e inútiles, luego caminaría otros diez para llegar a la oficina, saludaría a don Jaime y a la señora Rosario —quien invariablemente le comentaría la situación del clima—, vestiría su delantal café claro y sólo a la una de la tarde interrumpiría su trabajo para tomar su colación allí mismo —¿dónde si no?, ¿en el frío de la calle?—. Puede usar el horno si necesita calentar su almuerzo, le habían dicho el primer día como otorgándole un gran favor, ¿por qué don Jaime no se compraría un microondas? Luego, de dos a seis de la tarde... números, códigos, sumas y restas, páginas verde claro. Siete minutos antes de las seis se levantaría al baño con su peineta de carey y el espejo le contaría que es ella, que es la misma, que nada ha cambiado.

Nada ha cambiado durante estos últimos quince años, ni su peinado, ni su ropa, ni las batas caseras abotonaditas en el centro de la máquina de coser de la abuela, ni el ánimo agrio de los días de su madre viuda, ni la inocencia de sus hermanas menores que casi no recuerdan a tía Valeria, ni la falta de exclamaciones alegres ni los paseos a las tiendas de tela de aquel barrio lejano, ni los rasos de color damasco ni los terciopelos que fingían serlo. Todo es igual a como lo ha sido siempre, siempre desde que tía Valeria partió. Cuidar la pena de su madre, ésa devino su tarea, según le sopló la abuela al oído. Y dejó crecer su pelo liso y olvidó el brillo y las caídas de ciertos hilos, olvidó cualquier cosa que no fuera comportarse como es debido para apaciguar los temores y las ansiedades maternas. Si de colores se trata, pocos albergan su cotidianidad. Al menos si encontrara un hombre para casarse y así entretenerse un poco —y de paso desocupar una cama, la abuela podría dormir con sus hermanas y no en el diván—. Pero los hombres adquirían una rara cualidad de invisibles, ¿dónde estaban?, ¿dónde se meterían los casaderos?, ¿por qué ella no los encontraba? Sus compañeras del colegio habían abandonado el vecindario, casi todas lograron acercarse un poco a la ciudad grande y muchas de ellas con flamantes maridos del brazo, ¿flamantes?, no, eso lo ponía ella de la cosecha de su autocompasión, flamantes no eran, por supuesto, no se habría casado con ninguno de ellos. ¿Es que la única forma de dejar la casa es el matrimonio? Tía Valeria nunca se casó, pero no sabe si tía Valeria es feliz, sabe que puso una tienda de ropa en otra ciudad y que su hijita la acompaña después del colegio. Si sueña con diseños, al menos logra atraparlos, se consoló, porque no podía imaginar a su tía triste.

De nuevo el cantante, ¿es que estaba condenada aquella micro de las siete y media de la mañana a recibir el día con un estruendo musical? Hoy era su día de pago, tan ansiado, señor, tan ansiado durante el largo mes. Llevaría dinero a su madre, aplacaría en ella algún resentimiento, reservaría un poco para sí misma, la locomoción y las colaciones eran un gasto inevitable y quizás... quizás se comprara un bloc de dibujo con un estupendo lapicero a tinta, de los que se deslizan en la hoja como lenguas de fuego. Pero el cantante se ocupó de sacarla de sus reflexiones, ya se instalaba al lado suyo, a su pesar. Empalagosa le resultó su voz hoy día y con qué fuerza entonaba... Mi vida, charquito de agua turbia... Se preguntó, lastimada, si se lo dedicaba a ella. En forma automática, llevó sus manos al cabello, cada vez más lacio, tan fino que casi raleaba, pálido hasta la grisura. Charquito de agua turbia. Cállate, le dijo sin palabras al cantante, cállate que cualquier silencio es mejor que una alegría como de encargo. Se sumió en una inquietud muda. Su imaginación se encontraba en pleno desorden. Sin embargo, al descender por los escalones de la micro, alguna cosa había mutado, un cambio imperceptible para quien no poseyera una aguda percepción: eran sus ojos. Había en ellos algo desacostumbrado. Allí asomaba una chispa como de gato maligno a punto de dar con la presa, como de aromo de invierno, de aromo amarillo en flor.

En la oficina, las once de la mañana era la hora asignada para entregar el dinero los días de pago. Ella miró su pequeño reloj de pulsera, faltaba un cuarto de hora para mediodía. De súbito, con extraña lentitud, comenzó a gestarse en ella una acción ininterrumpida: cerró la carpeta amarilla, la instaló en el lado derecho del escritorio como hacía cada día a las seis de la tarde, abrió el cajón superior y extrajo del fondo la peineta de carey, y la guardó en el bolsillo, no en el del delantal café claro esta vez sino en el de su vestido. Abandonó su asiento y, sin pensar en dirigirse al baño, miró a don Jaime.

Debo irme, quisiera haber dicho.

¿Cómo?

Es que tengo algunos trámites que hacer, quisiera haber dicho.

¿Y cuánto tardará?

No lo sé, quisiera haber dicho.

No es muy católico lo que dice, señorita.

Lo siento, quisiera haber dicho.

Está bien, está bien... Vaya, pero no tarde mucho.

Es que... ¿sabe una cosa, don Jaime?, quisiera haber dicho.

Dígame.

Es probable que no vuelva, quisiera haber dicho.

Pero no pronunció palabra, como si su voz hubiese quedado olvidada en algún lugar lejano.

Caminó sin dudar hasta la puerta, sólo allí se liberó de aquel feo e informe delantal, tomó su abrigo y su cartera del perchero de la entrada y sin escuchar las exclamaciones de la señora Rosario —que, sospechando que algo inaudito sucedía, se levantaba ya de su asiento—, abrió la puerta hacia la calle. La cegó el sol, aquella lámpara del cielo que se escabullía de sus días oscuros tras esa puerta de vidrio esmerilado. Sabía perfectamente adónde dirigirse, habían pasado muchos años, es cierto, pero el vigor de ciertos pasos no se olvidan. Avanzó hacia el paradero de buses y allí se detuvo para esperar el suyo. Entonces, su memoria comenzó a jugar al escondite. El bus se detuvo y ella no lo tomó. Espérame un poco, ya vuelvo, dijo en silencio, mientras sentía el impulso en su cerebro. El impulso del charquito. Caminó rápida, sus pasos apuradísimos, ¡qué prisa llevaba, por Dios! Cuando divisó el salón de belleza, se detuvo un instante. Obligó a su pulso a calmarse, su cuerpo adquirió una postura largamente olvidada, inventó en el rostro una expresión que no tenía y entró al salón, los ojos de un vivo fulgor.

Una vez instalada en la elegante silla frente a infinitos espejos, nítidos como el verde de las montañas nunca tocadas por la mano del hombre, las palabras salieron de ella como largas cintas de terciopelo.

Córteme el pelo, por favor. Sí, muy corto. Quiero parecerme a esas francesas de las revistas, nada de pelos aburridos ni lacios, lo quiero cortito, con mucho movimiento, ¿sabe?, lo quiero vivo.

Sin Dios ni ley

1

«Soy la mamá de Paulina, embarazada a los trece años por violación.» Obstinados, pero también temerosos, los ojos de Laura Gutiérrez quedaron fijos en la fotografía que reproducía la página número 20A del periódico *Reforma* en ese lluvioso atardecer del mes de agosto. «Repudian ley antiaborto mujeres en Guanajuato» era el título que la precedía. Un relámpago iluminó a lo lejos el horizonte pintándolo de muchos colores, y un halo de rojo, de granate, de magenta y de azul permaneció unos instantes en el cielo. Con el largo hábito de los juegos adquirido en la infancia pero aun así desconfiada, Laura contó los segundos que separarían tal luz del sonido del trueno; cuando éste se anunció teatralmente con su solemne retumbar, pudo reconocer su inquietud. Es la tormenta, se dijo, si se agita la naturaleza completa, cómo no voy a agitarme yo. Su rostro, por lo general apacible bajo la gruesa capa de maquillaje, denotaba un blanco palidísimo acompañado de aquel casi imperceptible temblor en los labios, el ceño apenas fruncido y la boca contraída.

Observó la fotografía. La madre de la niña Paulina sujetaba segura pero sin aspavientos su pancarta, la leyenda escrita sin excesivo cuidado, sus ojos impávidos mirando hacia el frente, más allá de los dolores y las humillaciones. Ojos seguros y lejanos, rasgados sobre sus pómulos sobresalientes, toda su negra cabellera jalonada en lo que la fotografía esconde pero que Laura supone una trenza. Sin expresión, la madre de la niña de trece años de la ciudad de Mexicali que fue violada dos veces durante un asalto a su casa por un hombre que estaba bajo los influjos de la heroína y la embarazó. La joven hizo la denuncia ante el Ministerio Público, ya que el Código Penal de su Estado, Baja California, autoriza el aborto cuando el embarazo es consecuencia de una violación. Obtuvo dicha autorización pero otros elementos intervinieron: un grupo de mujeres tratando de persuadirla de que no abortara por medio de videos explícitos, el párroco recordándole que el aborto provocaría su excomunión y el director del hospital convenciéndola de que corría peligro de muerte y esterilidad de por vida. Finalmente, Paulina y su madre, aterradas, desistieron de ejercer su derecho legal y ella —hace cuatro meses— tuvo a su bebé, un varón a quien nombró Isaac. Hoy la madre de Paulina acude a la ciudad de Guanajuato con el testimonio de su caso ante el Congreso de aquel Estado, manifestando su rechazo a la reforma al Código Penal local, que ha decidido convertir en delito el aborto en casos de violación.

Un resplandor violeta interrumpe el monótono ennegrecimiento del cielo. Laura Gutiérrez aparta el periódico un poco espantada, quizás así logre evitar cualquier contaminación, la tinta del *Reforma* puede extenderse, avanzar por su hogar ordenado durante años con tanto ahínco y oscurecerlo, restarle esa luminosidad por la que ella se ha jugado día a día, colgarse de las blancas sábanas de su cama para ensuciarlas, para alejar aún más el cuerpo cansado de su marido cada noche, ese cuerpo lacerantemente ajeno al suyo, sí, la tinta del *Reforma* robándole el equilibrio aparente, extendiéndose por las habitaciones de su casa como una mano inmensa que estrangula, introduciéndose muy despacio en los armarios y en las mesas de noche de sus dos hijos varones para instalarse al fin en el cuello mismo de su princesa, de su hija adolescente, de su Sara Alicia.

No amaina la lluvia, pero es igual, el silencio de la casa la ahoga. Luego de esconder con prisa el periódico entre las muchas revistas que descansan en la fina mesita francesa de marquetería en el centro de su dormitorio, baja las escaleras con agilidad, avisa desde la puerta con un grito a la muchacha que se ausentará unos minutos, toma la Cherokee y parte, parte, arrancar hacia el mundo, sentir su bienvenida, su ruido y su murmullo, aunque las nubes insistan en sus reflejos rojos y azules. Avanzar. No piensa dónde ir. Mecánicamente se dirige hacia la avenida Palmas y tras doblar a la derecha se estaciona frente al Sanborns. Una vez dentro del gran almacén recuerda que desconoce la razón que la ha traído hasta aquí, ninguna necesidad a la vista, no importa, desde cuándo ella compra porque necesita, y se detiene frente al anaquel de las revistas extranjeras. Automáticamente alarga su mano y escoge *Vogue,* y se desliza por entre sus páginas sin ninguna convicción, las bellas modelos pasan de largo, desapercibidas, también los abrigos de piel de serpiente para la próxima temporada. Laura Gutiérrez no soporta la palabra *aborto*. La siente hermana de otras palabras que rechaza, como *feminismo;* es como si fermentaran dentro de su propio estómago provocándole acidez. Un intento de los tiempos para acostumbrar a la mujer a la muerte; a tantas muertes diversas, la de la vida misma, la de un sistema, la de una tradición determinada. Algunas de su sexo se encontraban en condiciones de escapar de esta epidemia, no la necesitaban, como ella, que estaba a salvo de cualquier terrible enfermedad. Ya lo decía el periódico, sobre aquellas reuniones que se estaban efectuando en Guanajuato. Eufemístico el periodista, las llamaba *organizaciones de mujeres,* ¿es que el lenguaje oficial nunca las cita por su nombre? Activistas, terroristas. Se anunciaban nuevas movilizaciones hacia El Bajío, llamaban a las mujeres de todo México a participar. Estas cosas preocupaban a Laura Gutiérrez infiriéndole una ofensa, una herida. Ella siempre supo que ante una adversidad debería arreglárselas sola, sin prensa, sin Estado, sin organizaciones. Porque justamente lo que ellas hacían era debilitar los poderes establecidos, para ofender a la Iglesia, para invalidar las leyes que ya de por sí eran bastante débiles, alterando el orden, atacando la dignidad misma de su género, inventando derechos inexistentes. Todas estas acciones estaban dirigidas personalmente contra ella, contra Laura Gutiérrez.

Al principio había minimizado la importancia de estos movimientos, mirándolos con cierto desdén, pero con el tiempo había llegado a odiar a estas mujeres estridentes y parlanchinas. De alguna forma ambigua e incomprensible, se burlaban de ella, la apuntaban con el dedo, obsoleta Laura, tu mundo ya no existe, eso parecían decirle. Como si su Dios fuese incierto, como si quisieran robarle sus sentimentales nociones del bien y del mal, lo poco que le quedaba de inamovible, de férreo, lo único certero que atravesaba los fantasmas de cualquier duda. Como si su inconmovible piedad ya no sirviera, como si su inevitable destino fuese el de alimentarse de vanas ilusiones, envueltas éstas en una irrebatible complacencia. Por eso, de todos los conceptos que se habían puesto de moda en los últimos años, el que le producía más sospechas era el de *derechos humanos,* porque con sólo un cambio, un insignificante cambio, se convertía en el más perturbador: *el derecho sobre el cuerpo.* Si el primer concepto se hubiese atenido —como correspondía— a la idea de los derechos humanitarios del hombre, por cierto, ella lo apoyaba, no era ninguna insensible, estaba en contra del crimen, de la tortura, de la represión. Sin ir más lejos, hoy, a la hora de la comida, su hijo mayor Alberto había discutido con su padre el caso del desafuero del dictador ese, el de Chile. Venían en el mismo periódico las noticias sobre él, y su hijo aplaudía que por fin se hiciera justicia en ese lejano país. Y ella, al escucharlos, había estado de acuerdo. Sí, claro que estaba por la justicia, ¡cómo no iba a estarlo! Pero esto de Guanajuato era otra historia. *El cuerpo era otra historia.* Llamaban a una movilización nacional y si no eran escuchadas recurrirían a una huelga de hambre. Tan sólo una de sus agrupaciones feministas, señalaba una legisladora, agrupa a unas doscientas organizaciones no gubernamentales, por lo que difícilmente podrá detenerse tal movimiento.

Mientras aparecen más prendas confeccionadas en piel de serpiente en las páginas satinadas del *Vogue,* Laura Gutiérrez repasa con rapidez el vértigo con que el mundo ha cambiado y cómo en su propia biografía las cosas fueron tan distintas. En los años tranquilos de su juventud todavía no había feministas y si las había, en su medio nadie se enteraba, eran del todo marginales. ¿Cuándo había cambiado el centro su lugar? O por preguntárselo de otro modo, ¿cuándo había vencido la marginalidad? En el curso de los años no se advirtió cómo fueron difundiendo su doctrina y ella no se dio cuenta del peligro. Se sentía traicionada, la tomaron por sorpresa, no calibró su lento crecimiento, sólo abrió los ojos cuando ya era un hecho consumado. ¿Acaso algo habría cambiado si lo hubiese advertido a tiempo? ¿Es que su vida sería distinta? ¿Ponerse al día con los ritmos, por ejemplo? Pero entonces su Dios, ¿qué respuestas le daría? Recuerda con qué naturalidad había respondido el día de su matrimonio civil a los imperativos requerimientos del texto de la Epístola de Melchor Ocampo, del cual hoy hacían mofa. Recuerda también el infinito placer que le causó saber que a partir de ese momento ella le pertenecía a otro, constatar que sería eternamente protegida y mantenida, que la ley así lo establecía. ¿Amada? Ningún código puede prometer algo tan subjetivo, eso ya lo sabe. Lo que no sabe es cómo ocurrió, qué sucedió en el camino para perder ese amor; las otras mujeres nunca le importaron, aquello formaba parte de la naturaleza del hombre, no era el sexo lo que determinaba, a fin de cuentas, la sujeción de un marido a su esposa. Ella era la madre de sus hijos, la consorte legal, la dueña del patrimonio: ella era la esposa y aquello la confirmaba, aunque añorara las expresiones que creía merecer.

Inquieta, se acercó a la caja y compró tres revistas, incluyendo el *Vogue.* Comentaría con Sara Alicia la nueva moda de serpientes, a ella le divertiría; agregó un par de aretes de plata con obsidiana, no eran muy finos pero le alivianaban el espíritu, se los pondría esta noche a la hora de la cena con su nueva blusa negra que compró en el último paseo por la calle Masarik. No es que se hiciera demasiadas ilusiones sobre el éxito de retener sobre sí la mirada del marido, pero al menos lo intentaría. Extrajo el teléfono celular mientras la cajera imprimía el vale de la tarjeta de crédito y llamó a casa. Necesitaba escuchar a Sara Alicia, saber que estaba cerca, que estaba bien. La niña entró y volvió a salir, señora, le dice la muchacha, no, no dejó dicho adónde iba, pero volvería para la cena. Laura Gutiérrez se arrepintió de la compra del auto, de la firma ante la Delegación para que su hija pudiese conducir, ¿cómo no comprendió a tiempo que lo que le había regalado eran enormes alas para volar lejos de ella? Mi niña, mi niña.

Volvió a casa, la tormenta ya amainaba pero ella estaba sola.

2

«Protestan en el PAN contra ley antiaborto» es el título de la página 4A del periódico del día siguiente, martes 8 de agosto. Y en el centro de la página viene ella, la madre de Paulina de nuevo, esta vez con su hija y su pequeño nieto. Se ve diferente en la fotografía de hoy, lleva un flequillo que le oculta la frente que ayer relucía y su rostro es muy redondo y grueso. Aunque sobre la foto se lee en grandes letras «CASO PAULINA: VIOLACIÓN A SU DERECHO», no se les ve sufrientes, es más, el bebé es bello, saludable y risueño, no es que Laura Gutiérrez exagere, pero todos se ven risueños en la fotografía, todos contentos, y se desconcierta, porque se supone que para Paulina y su madre está vedada la alegría.

Se le contrae el estómago.

La casa, como siempre, está vacía. Alberto salió a su trabajo tan temprano como su padre, a su misma oficina, el futuro dueño de la empresa, supone Laura

Gutiérrez, aliviada por el certero porvenir de su hijo mayor. Las clases de Gonzalo empezaban a las nueve y apenas lo alcanzó a besar de paso en la mañana cuando él partía a la Ibero; sólo le faltaban dos años en la carrera de Administración y, si continuaba como hasta ahora, las posibilidades de ser también parte de la empresa familiar eran altas, el rubro de la construcción daba para mucho. Hoy todos decidieron comer fuera, incluso Sara Alicia avisó que después de clases iría a casa de una amiga, en Cuajimalpa, a hacer un trabajo. Mientras visitara casas vecinas al colegio, no importaba, era tan fácil el camino por Reforma tomando hacia la carretera de Toluca, la niña lo conocía bien, pero el Periférico la aterra, y ni hablar de Insurgentes o de cualquier camino hacia el sur.

Ha comido sola. Esa gran mesa de piedra para diez personas y ella sola.

Cuando volvió de donde Noel, con el pelo bien pintado y peinado, pensó que lo luciría ante su familia; pero recibió los diversos recados, no vendrían. La idea de comer sola siempre la ha deprimido. Debes empezar a acostumbrarte, le advirtió el marido ante sus quejas, pero imposible, no se acostumbra. Llamó a Paola para comer juntas, pero no, no podía, salía en ese instante a reunirse con su cuñada al Lugar de la Mancha; llamó a Pilar, tampoco, ya estaba comprometida con su socia de la boutique. ¡Cómo añoraba Laura Gutiérrez esos tiempos en que se levantaba muy temprano, conducía a los niños al colegio, iba de compras al mercado, ayudaba a la cocinera y disponía los platos y menús, pasaba por el gimnasio, tomaba un café con sus amigas y después de una buena ducha y un poco de acicale esperaba a toda su familia en la mesa! Entonces, todos llegaban.

Empezó la lluvia, otra vez la lluvia, y eran las cinco de la tarde. Desde que en la niñez leyó cierto poema ahora olvidado, siempre sintió las cinco de la tarde como una hora triste. Más aún si llovía.

La fotografía de Paulina y su madre sigue allí, en el sillón, al alcance de su vista. La vuelve a tomar y compara ambas fisonomías.

Nadie sabe mejor que ella cuánto está envejeciendo y lo monstruoso de la forma en que se acelera este proceso una vez iniciado, cómo ha doblado las horas del gimnasio para que el cuerpo no se transforme en una masa disoluta, los largos momentos de cremas y de maquillaje para esconder una piel opaca que no volverá a brillar, el afán que se toma con la manicura, la depiladora, la masajista, ese ejército de mujeres que la visita a domicilio para asegurarle una presencia decorosa. No, su sonrisa ya no era una fresca brisa. La madre de Paulina es joven, probablemente tan dedicada a su hija como ella. Sin embargo, no puede acceder a su posición económica. Quizá tampoco a un marido. Y llora, no por ella, sino por su hija. Pidió justicia y nadie se la dio.

La única justicia posible es la que se hace con la propia mano, piensa Laura Gutiérrez. Otra vez el estómago se le contrae. Se ahoga. No, no hace calor. No importa, un oculto fuego interno la atenaza. La lluvia sigue. Se levanta del sillón y camina hacia la ventana para abrirla, aunque moje la alfombra afgana y el tapiz nuevo del sofá.

Al momento de hacerlo, un rayo incandescente cae sobre el patio con inusitada violencia. Laura Gutiérrez retrocede atemorizada, como frente a una maldición, a un enemigo celestial. Llega a producirle sorpresa encontrarse sana y salva. Retiene la respiración y con la boca y los ojos tremendamente abiertos espera el trueno, que estalla furioso tras breves instantes.

Fueron breves instantes pero un tiempo distinto quedó instalado en ella. Entre el rayo fatal y el trueno, Laura Gutiérrez alcanza a vivir una eternidad y lo único que sobrevivía de tal eternidad, pasado ya el estrépito feroz, eran los gritos de Sara Alicia, gritos extrañamente simultáneos, uno montado sobre otro y otro y otro más. Mientras se descargaban las nubes, pesadísimas, el color de la sangre nubló los ojos de Laura Gutiérrez. La ventana permaneció abierta y a través de ella se escuchaban a lo lejos, entre gemidos, voces que gritaban: ¡mamá!

A veces Dios nos vuelve las espaldas, desaparece, como si se tomara unas vacaciones. Por eso, aquella vez, no acudió en su auxilio. Fue allí donde aprendió que en la desgracia no existe ni Dios ni ley, sólo se puede recurrir a sí misma y a la fuerza propia. ¿Puede alguien acusarla hoy de haber actuado mal? Su marido viajaba esos días, es peor, ¿podría, de alguna forma oblicua, culparla a ella por todo lo sucedido? Mejor el silencio, siempre es mejor el silencio. Es más, Laura Gutiérrez ya había aprendido a mentir durante el trayecto de sus años matrimoniales. Decir la verdad le probó ser innecesario, incluso perjudicial.

Y Sara Alicia. Al momento de los sucesos, no sólo era una niña, aún no cumplía los diecisiete años, sino además era poseedora de una rara característica, cuyo origen habría que buscarlo, dirían los especialistas, en los oscuros y laberínticos recodos de la infancia, que consistía en exhibir todos los flancos, todos los miedos, pecados y debilidades, exponiéndolos de tal manera que no cupiera protección posible. Nunca aprendió a valerse del instinto más básico del que gozan humanos y animales. Y si Laura Gutiérrez hace caso a los manuales de psicología que ha leído, tiene derecho a sospechar que ya no lo aprenderá: o es innato, naces con él, o estarás para siempre a la intemperie.

Esto la fue convirtiendo, con el tiempo, en una persona vulnerable.

Nadie conocía mejor tal vulnerabilidad que su madre. Y actuó en consecuencia.

La llamada nocturna, la aterrante, la siempre esperada, la siniestra llamada que Laura Gutiérrez aguardó frente al teléfono durante el crecimiento de cada uno de sus hijos y que sólo llegó con ella, la hija menor, la niña del país de las maravillas, fue ésa: la que interrumpió con mortal estrépito la noche blanca en la casa de Las Lomas hace apenas un año. Le había regalado a Sara Alicia un celular, para que lo acarrease siempre, especialmente cuando oscurecía en esta ciudad tan peligrosa, pues ella ya sabía, las amigas le contaban, todos lo contaban, era el tema preferido en cualquier reunión, las horrorosas condiciones de inseguridad en que vivían, se metían miedo unos a otros, salían enardecidos de las cenas, de las comidas, si pudiésemos matar a todos los delincuentes, si estuviese en nuestras manos limpiar la capital de secuestros, asaltos, asesinatos; ahora han inventado una nueva fórmula, el secuestro exprés, pocos minutos y listo, aquí le tengo a su hijo, págueme y se lo devolvemos de inmediato. Compró el celular y se lo entregó. Sara Alicia no tenía autorización para llegar pasada la una de la madrugada, aún no cumplía los diecisiete, no, no importaba si a sus amigas les prolongaban la hora de permiso, a la una, pase lo que pase, y la vuelta a casa siempre organizada, que hoy nos lleva el chofer de Lisette, mañana el hermano de Raquel, pasado el papá de José Antonio, y tú, mamá, si no me regalas un coche, te haré salir de la cama, a los dieciséis todo México conduce su propio coche, ¿todo México?, sí, con la autorización especial de los papás, todo México, sólo las niñas fresas se trasladan con sus padres, qué vergüenza, mamá, ya no estoy en edad. Entonces, el celular siempre a la mano por si algo sucede, no lo pierdas, Sara Alicia, ante cualquier sospecha, llama, llama, recuerda ponerlo en tu bolsa, no se te olvide, mi amor.

La llamada no fue del celular.

Era un sábado por la noche, el momento que Sara Alicia esperaba toda la semana, irían al Alebrije, todo bien, el hermano de Raquel las acompañaría, él es mayor, mamá, dieciocho años, mucho mayor. A la una en punto. Fueron al Alebrije, no pudieron entrar, estaba repleto, la fiebre del sábado por la noche.

En el Centro Histórico hay buenos antros, vamos para allá. Fue a la salida. Un pequeño camión les bloqueó la calle vacía por donde volvían, no tuvieron alternativa, debieron descender. Tres hombres. No demoraron en reducirlos, Raquel y ella sucumbieron. Era pasada la medianoche, no importaba nada si fuese la una o las tres de la madrugada, sucedió igual.

La llamada la hizo Raquel. Fue la primera en reaccionar, nunca supo lo que ocurrió a su alrededor sino lo que le contaron, ninguno vio nada, cada uno peleaba y se defendía de su propio agresor, tres y tres, ni que lo hubiesen calculado. Raquel no encontró a nadie en su casa, sus padres pasaban el fin de semana en Valle de Bravo, el hermano mayor no llegaba aún. Llamó entonces a casa de Sara Alicia.

Ambas sabían —por previas instrucciones— que lo último que debían hacer en una emergencia era acudir a la policía, vivimos en México, les habían reiterado muchas veces los respectivos progenitores. Laura Gutiérrez llegó en la Cherokee al lugar indicado. Se deshizo de ambos hermanos lo más pronto que la cortesía permitía, previa averiguación del estado de salud de cada uno. Hematomas por todo el cuerpo, pequeñas heridas, contusiones. Un tío de ellos era un médico muy conocido, que recurrieran a él, les sugirió, cualquier cosa, musitó en silencio, pero déjenme llevarme a mi niña, llevarme a mi niña, llevarme a mi niña. Y sin ningún ojo testigo ni acusador, se la llevó, en el más profundo silencio, se la llevó, en la más absoluta privacidad, se la llevó. Porque Laura Gutiérrez echó una sola mirada a su hija, tendida en la acera, muda, y supo de inmediato lo que le había sucedido.

3

«Frena PAN en Guanajuato su reforma contra aborto.» *Reforma,* fecha miércoles 9 de agosto, página 4A.

¿Ganaron?, se pregunta Laura Gutiérrez a viva voz aunque nadie le escuche, ¿además de todo y aparte de eso, ganaron? Es la primera etapa, vendrán otras, nada está resuelto, Laura. Ya el artículo que despenalizaba el aborto en caso de violación será reintegrado al Código Penal del Estado de Guanajuato. Pasa revista rápida al artículo del periódico, no hay fotografía de Paulina ni de su madre hoy, pero se entera sin mucho esfuerzo del resultado de la movilización de las mujeres. Y vendrán nuevos testimonios, no le cabe duda.

Aunque hoy la lluvia ha emprendido su retirada y el cielo oscuro pero seco amenaza sin retaguardia, no encuentra a mano un antídoto a ese lento veneno que se llama realidad. ¿Dónde, dónde se encuentra la zona acogedora de la existencia? ¿No había sido su hogar aquel sitio? La casa vacía con sus muebles antiguos y finos, tan inmóvil todo lo que la rodea, pesado, opaco, hijos que llegan como a un hotel, marido para quien ella resulta invisible, aburrido de su esposa hace ya varios años, conversación sólo anecdótica, nunca expansiva porque lo incomoda, el que no siente tampoco ve ni escucha. Los días demasiado largos, las mañanas heroicamente llenas gracias al puro esfuerzo, a la irreductible voluntad, pero igual avanza el sol y llega la tarde, se acaba la imaginación, sólo la recogen esos muros de su casa y se pregunta por qué el día tiene tantas horas.

Afuera, a través de la ventana, lucen los árboles embalsamados de verde frescor. El paisaje urbano se perfila vigoroso como un golpe de sangre, los cielos de azules fríos y ella, en su rostro, sólo el color del maíz. Presencias irregulares la pueblan: su niña, el médico, la enfermera aquella con los ojos helados, su niña, su niña con la mirada humillada de quien ha sentido demasiado miedo.

Esa misma noche, luego de revisarla minuciosamente en casa, llamó a su médico de cabecera, el que ha visto durante veinte años a la familia entera, el que conoce cada pliegue de cada uno de esos cuerpos, casi intercambiable su papel con el del sacerdote. Una consulta al día siguiente en la clínica privada, radiografías y la promesa de guardar silencio. Nada más. Hasta que el calendario, sin prisas, marcó el mes.

Sara Alicia embarazada. Como Paulina. Pero al contrario de la mamá de Paulina, Laura Gutiérrez no recurrió a la ley. Ni a Dios. No recurrió a nadie. Ni al doctor de la familia.

Fue en un almuerzo en Polanco con sus amigas, en el restaurante Isadora.

Necesito al mejor médico de la ciudad, un aborto para Genoveva. ¿Por qué al mejor médico si se trata de la muchacha? Porque la quiero como a mi propia hija. Sus amigas la tildaron de santa y ella se retiró con un nombre y un teléfono anotado en su pequeña agenda.

Lo demás no importa.

Lo que sí importaba era la reputación de Sara Alicia, mantener intacta su inocencia. Si se supiera, nadie se casaría nunca contigo. ¿Crees que la niña Paulina de Mexicali accederá algún día al matrimonio? ¿Crees que ella puede caminar por la calle sin que digan, a sus espaldas, allí va, es ella, la de la violación? El estigma, hija mía. Si se supiera, la mancha quedaría en tu nombre y en tu cuerpo para siempre. Si se supiera, mi niña, tu adolescencia terminaría. Rota tu vida, por un crimen, por una tragedia. No, Sara Alicia, no te mereces eso. Nadie se enterará, de ese modo olvidarás. Aquello de lo que no se habla no existe. Olvidarás. Olvidarás.

Nada afectó la normalidad en la casa de Las Lomas, nada en el rostro de Laura Gutiérrez ni en su expresión la traicionó. Éste no era un problema de su hija, era suyo. La duda no la visitó ni por un instante, salvó a su hija, salvó su cuerpo, su futuro y de paso su honor: lo salvó todo. La pesadez que aquella salvación dejara en la madre no era de sopesarse; el odio por el malhechor que bajó del pequeño camión la noche de un sábado en las calles del Centro Histórico, irredimible. Lo odió cuantas veces respiró. Sin compasión, hasta la eternidad. La indignación moral es inútil, se dijo y se repitió, es un lujo inútil; lo único que sirve es no dejarse derrotar. No se dio cuenta de cómo su mirada se fue endureciendo, no recordó cómo la falta de placer entorpece a la gente.

Algunos imprevistos en su delgada cotidianidad la sobresaltaron.

Noche de sábado, una de la mañana, un timbre. Bajó las escaleras. Sara Alicia siempre usaba sus propias llaves, sus hermanos, ni hablar. Era Raquel, que sujetaba a su hija Sara Alicia de la cintura y ésta reía y reía. Cada risa una bofetada. Su vestido azul muy arrugado y el castaño de su pelo derramado en desorden. La llevó directo a su dormitorio, que su padre no la viese en ese estado. ¿Fue tequila? Pero tú nunca has bebido tequila, ¿qué pasó? Al día siguiente, la niña, ya muy compuesta, le respondió: es que sólo una parte mía tiene miedo, la otra no cree en él.

No deseaba que la desconfianza la paralizara. Empezó a registrar cada actitud de la niña, cada movimiento, cada uno de sus cajones. Quien busca encuentra, le advertía su abuela en la infancia. Hasta que encontró la hierba. Su primer impulso fue hablar con su marido, el hombre de la casa es el que vela por todos, de eso la convencieron hace ya mucho tiempo, la madre es la encargada de las nimiedades. Pero el temor la obligó a callar, su intuición recaía sobre Sara Alicia y su incapacidad para ser discreta. La denuncia de un poco de hierba acabaría esculpiendo acantilados. No, no vale la pena.

Discusiones a la hora de la comida. Alberto y Gonzalo acudiendo al padre, que no puede vestirse así, papá, que es una pendeja, ¿cómo va a andar por la calle con el estómago descubierto? ¡Y esa blusa de lentejuelas con bluyíns rotos! ¡Yo no soy tu hermano si te veo, pendeja!, ¿oíste? Una semana más tarde, Sara Alicia apareció en casa con el pelo morado. Directo donde sus hermanos presumiendo de su desvergüenza. Y los eternos fines de semana en que no llegó a dormir. ¿Es que siempre está donde Raquel?

¿Por qué ya no le gusta su casa? Su padre en viajes de negocios, la empresa de construcción cada vez más exigente. Y la gota que colmó el vaso: el grupo aquel, el de rock, como si la vida y muerte de Sara Alicia dependiera de ellos, con sus chamarras sucias, sus cabellos rapados o hasta la cintura, sus pantalones de cuero y sus ensayos hasta la madrugada. Hard rock, corregía Sara Alicia si alguien osaba equivocarse. Voces cascadas, miradas errantes. Y ni siquiera pudo controlar el tequila, ya que la niña no dormía en casa los sábados por la noche.

La boca de Laura Gutiérrez ya no tenía labios. Sólo un trazo rígido. Se pregunta y se pregunta cuáles fueron las marcas que la excluyeron.

En fin, hoy no debe esconder el periódico: la fotografía de Paulina, embarazada a los trece años por violación, no viene en la página 4A. Y hoy no llueve, el horizonte no está desalmado. ¿Es el timbre? ¿A esta hora? Reconoce un movimiento determinado, algo próximo pero dormido. Aguarda. Aunque es en vano, nadie entra al salón. Acude a Genoveva, ¿alguien llegó? Sí, la niña, subió a su habitación. Con un anhelo incierto, Laura Gutiérrez espera unos instantes, se humedece los labios y entonces sube las escaleras y avanza hasta la última pieza del pasillo, la de su hija. La encuentra sacando la mochila del clóset. La contempla un instante, está de espaldas a ella, ya ha cumplido los diecisiete años. Viste sus eternos bluyíns, sus tenis sucios y desteñidos, ¿no fueron rojos alguna vez? Lleva el pelo sujeto por varios ganchillos, pequeñas trenzas moradas vuelan sobre su cabeza. Su figura es graciosa, sus piernas largas y su trasero redondo muy firme.

Laura Gutiérrez no puede dejar de sonreír.

Sara Alicia se sorprende cuando advierte su presencia, casi se diría que le produjo temor. No sabía que estabas en casa, se escuda de inmediato. Siempre estoy en casa, responde la madre, no exenta de cierta amargura, como si su hija no supiera que el ocio se cierne sobre ella, que no tiene adónde ir, que el tiempo no le resulta un regalo. Al ver que la niña empieza a llenar la mochila grande con alguna ropa y elementos de tocador, le pregunta adónde va. No dormiré aquí esta noche, así lo dijo, como si fuese una adulta independiente, hoy es miércoles, mañana tienes clases. Sin fuerzas para reprenderla como se debe, el posible chantaje la hizo perder aquel aplomo, chantaje que la hija no ha utilizado, es más, aunque la madre no desee reconocerlo, hace un año que la hija casi no pelea con ella, no le discute, la verdad es que casi no le habla, sólo lo imprescindible.

Sara Alicia cierra la mochila y se la pone en la espalda, hace sonar las llaves de su auto, nuevo hábito tranquilizador que ha venido adquiriendo en el último tiempo, ah, las alas, las malditas alas, se alisa un mechón de pelo y mira fijo a su madre.

—¿Has visto el periódico? —le pregunta.

—Sí, ya lo leí.

—Entonces, me ahorro las explicaciones. Dile lo que quieras a mi papá.

—¿De qué hablas?

Los ojos de Sara Alicia se detienen en los de su madre: son cálidos, no expresan ofensa ni rabia, son ojos llenos de tonos ondulantes, ojos perfectamente humildes. Pero hay en ellos una cualidad distinta, diferente de ayer y de antes de ayer. Hoy Sara Alicia tiene los ojos diáfanos.

—Adiós, mamá, me voy a Guanajuato.

A mí me tocó la bandera

Corre el mes de febrero y las aguas del país se agitan bajo los puentes. Que el cambio de gobierno, que el bicentenario. Doscientos años independientes de España no es poco.

En la población decidimos festejar lo segundo (por nada lo primero, a ninguno aquí le gusta la derecha). Tanto aniversario triste en este país, cómo no celebrar lo que es bueno. Tantos días, meses y años acumulados en nuestros cuerpos durante esos tiempos feos que se nos metieron en el alma. Ya sé que todo aquello pasó, me acusarán de que insisto, el problema es que, aunque las heridas vayan cerrando, ¿qué hago con las cicatrices? Me las miro de día, las restriego de noche, nunca me dejan tranquila.

Nos reunimos las de siempre, la Alicia con la Ana, la Rosa con la Nena, y la Manuela, ésa soy yo. Horneé un queque y la Ana hizo el té. Corría un viento helado aunque todavía no acababa el verano, se colaban unas pequeñas ráfagas por las maderas del Centro de Madres. Agarré la taza con fuerza para calentarme bien las manos y así entibiar también el ánimo. No hay caso con la tetera eléctrica, sólo una para todas las oficinas y nunca nos alcanza a tocar a nosotras. Y eso que somos las más antiguas de por aquí. Llevamos más de treinta años cosiendo y cosiendo. ¡La de cosas lindas que han hecho nuestras manos! Arpilleras las llaman, paños repletos de pequeños recortes de tela contando una historia. Los extranjeros le dicen *patchwork*. Empezamos a hacerlas porque no teníamos trabajo, porque nuestros maridos ya no estaban con nosotras y había que darle de comer a los cabros. Aparte de las tareas de la casa, no sabíamos hacer otra cosa. Por eso se nos ocurrió, qué tal si cosemos, dijo la Nena, ¿coser qué?, preguntó la Rosa, historias, contemos historias, le contestó la Nena. Con la aguja y el hilo. Y con todos los retazos de telas que encontramos trajinando por los cajones. Armamos figuras, sólo de lo que conocíamos, nosotras mismas, los niños, la casa, la cordillera. Así empezamos. Al principio nos resultaban unos mamarrachos, bailaban los bordes imperfectos de cada silueta, la pelota no era suficientemente redonda ni los techos de una buena línea recta. Insistamos, dijo la Alicia, no nos demos por vencidas. Salimos casa por casa en la población a pedir camisas de hombres que estuvieran rotas, ojalá fueran celeste para hacer el cielo, verde para un árbol o café para la tierra. Afinamos la puntada y las tijeras. Un día la pelota me salió redonda, redondita. Entonces supe que ya podía cortar muchas otras formas. Cuando juntamos como veinte arpilleras las llevamos a la feria. Nos instalamos bajo el sol, nuestro trabajo tendido sobre paños de cocina para que no se ensuciara. Y ante nuestra sorpresa, a la gente le gustó. Las miraban, las tocaban, preguntaban por su precio. Así fue como empezamos. Y casi sin darme cuenta, me había transformado en la vecina de la verde selva, en la arpillerista azul, verde y granate. Como la Violeta Parra.

La bandera.

A mí me tocó la bandera.

Coser, unir esos brillantes retazos de rojo, azul y blanco. Me senté con mis agujas, mis hilos y mis tijeras en la silla que da a la ventana de la cocina, sola, sin hombre que me acompañara. La estrella, pensé, cómo cortar bien la estrella para que cada punta sea igualita a la otra, paraditas todas, orgullosas. Entonces la brisa nocturna empezó a adormecerme. La fatiga del día ya por terminar se me metía en los huesos, despiadada la fatiga esta, obligaba a los pobres músculos a perder la alerta. Los párpados cedieron, el trabajo a medio hacer sobre mi falda y la estrella al lado sin cortar.

Soñaba con banderas que flameaban al viento y con oscuras cocinas de adobe repletas de ancianas que las cosían cuando de repente vi a una mujer parada junto a la ventana de la cocina de mi casa. Me sobresalté.

Hola, Manuela.

Y tú, ¿quién eres?, pregunté.

Soy la Javiera Carrera.

Miré su aspecto. Cubría su cabeza un largo paño blanco, como un velo, sólo dejaba ver una frente noble y ancha, y el nacimiento del pelo dividido severamente con una partidura permitía que dos rizos le colgaran a cada lado de la cara. Su vestido, muy ajustado en la cintura, caía largo y repolludo hasta el suelo y un escote pronunciado dejaba al descubierto el nacimiento de unos pechos muy blancos. Embelesada, pensé que sólo había visto figuras así en algún olvidado libro de historia.

Al notar la sorpresa en mi cara, ella habló.

Si no me conoces por mí misma, deberé aludir al hombre más famoso de los que me rodearon: soy la hermana de José Miguel, el prócer de la Independencia de Chile. Mi cuerpo está enterrado en la catedral. A mí me llamaron la madre de la patria que nacía, mis tres hermanos fueron patriotas y cada uno de ellos fue asesinado. Yo era la mayor de todos, trabajé hombro a hombro con ellos y fue como si a mí me mataran tres veces.

¿Por qué me visitas, a mí, una modesta arpillerista?

Porque vi desde la ventana tus costuras y quería relatarte que fui yo quien hizo la primera de todas nuestras banderas. Fue en el tiempo de la Patria Vieja. José Miguel me la encomendó. No sólo la bordé sino que elegí sus símbolos y colores. ¿Sabías que el rojo no estuvo en nuestra primera bandera?

No, no lo sabía. ¿Qué colores elegiste?

Los de la naturaleza nuestra. El azul, por nuestro cielo tan limpio. El blanco por las nieves de nuestra cordillera. Y el amarillo por nuestros campos en cosecha, cuando se tiñen del color del oro. El rojo vino después, como cinco años más tarde, cuando ya la guerra de la Independencia había cobrado tantas vidas que hubo que cambiar las cosechas por la sangre derramada: en ese rojo viven mis hermanos, mis amigos y mis compañeros. Quizás también yo, aunque a mí me dejaron morir de vieja. Ya sabes, de haber sido hombre me habrían ejecutado.

Hoy día matan también a las mujeres, le dije.

Me miró sonriente, la figura del libro de historia de la escuela, igualita a las ilustraciones de entonces, y se sentó a mi lado junto al horno de la cocina, como que se acurrucó, cruzó los brazos contra el pecho y desvió la vista hacia un punto lejano.

Mira, Manuela, mi vida fue muy difícil, desesperé y clamé al cielo cada día y cada noche durante la lucha por nuestra independencia. ¡Qué no habría hecho si hubiese sido un varón! Podía traficar con armas escondidas dentro de un carro con paja pero no podía dispararlas. Podía idear una campaña pero debía soplársela a mis hermanos en el oído. No tuve ninguno de los honores que les reconocieron a ellos. Aunque yo era más inteligente y más combativa, no pude ocupar cargo alguno. Siempre tras sus sombras. En mis salones se urdían los mayores complots pero no era yo quien se los apropiaba. Los sufrimientos, sin embargo, eran parecidos. Yo viví en mi cuerpo el dolor de los vencidos, el horror del destierro, el abandono a mi marido y a mis hijos para salvar la vida. Como si fuera poco, me casaron cuando cumplí quince. Parí siete veces. Crié a mis hijos, bordé, cociné, toqué el piano, consolé, cuidé a los enfermos, enterré a los muertos, hice todo lo que se esperaba de una mujer.

No quise interrumpirla, con tan ilustre visitante cómo ser desatenta, pero pensé para mis adentros que mi quehacer no ha sido tan distinto. A pesar de que no soy ninguna heroína, también he criado a mis hijos, también he cocinado para ellos y he bordado para darles de comer y los he educado y aunque no toco el piano, los he consolado a ellos y a otros tantos a mi alrededor. Debí cuidar a mi madre inválida y a mi suegra diabética y cerré los ojos de cada muerto de la familia. He abierto los brazos a la pena de todas las otras mujeres que pasaron por lo mismo que yo. Y además de hacer lo que se espera de una mujer, debí ir más lejos: he sido padre y madre a la vez. Quise echarle en la cara a esta mujer de tanta alcurnia: ¿cómo crees que se criaron mis hijos desde que quedaron huérfanos de padre?, ¿cómo se alimentaron?, ¿quién traía el dinero al hogar?, ¿quién tomaba las decisiones y salía a la calle, ya fuera a vender o a protestar?, ¿quién saca las hojas de la canaleta cada año antes de que empiecen las lluvias, subiéndose a unas escaleras que dan vértigo?, ¿quién mata a las gallinas y a los cerdos para llevarlos a la olla?, ¿quién clava las tablas del techo que se corrieron con el último temblor?, ¿quién sale en la noche a buscar al hijo que se quedó en la plaza con los drogadictos?

Pero mi invitada está hablando de otras cosas, no sabe de canaletas ni drogadictos, ella de tanta fortuna, y me espabilo cuando veo que toca la tela de mis pantalones. Echa una risotada.

¿Te imaginas lo que era andar siempre con nuestras polleras enormes y nuestros corsés? Y aquellos zapatitos nos rebanaban los pies. La comodidad nunca fue un privilegio para nosotras.

Tomó con sus manos delicadas el paño blanco que cubría su cabeza, con un solo gesto rápido se deshizo de él y con otro se soltó la cabellera y los dos rizos siguieron inmóviles colgando a cada lado de la cara.

Cuánto quisiera ser como tú, me dijo como de pasada, con voz liviana y contenta.

Sí, lo imagino. Pero cuando cae la tarde estamos tan cansadas. Como mi madre, como mi abuela, como mi bisabuela. Todo lo que sucede en el hogar sigue siendo cosa nuestra, trabajo nuestro. El fuego debe estar siempre encendido.

Sí, el fuego debe estar siempre encendido. Y nunca debe faltar el agua.

¿El agua y el fuego?

Sí. Una de las labores más importantes en el hogar colonial era encender y conservar el fuego. La mujer era la guardiana del hogar y daba comienzo al día al encender las primeras brasas. Era de suyo dar la primera campanada al clarear la mañana para avisar que la vida podía echar a andar, que ya había calor, que ya había luz, que ya había comida, que ella lo había procurado todo en cada uno de los tres patios de la casa. En aquella época se usaba comer seis veces al día, por lo que el fuego nunca podía apagarse. De noche se mantenía prendido un tizón para iluminar cuartos y corredores. Y en el invierno, con un pedacito de otoño agregado al principio y otro de primavera al final, el calor dependía de estas hogueras en el centro de los patios y en las chimeneas de los salones. El agua, Manuela, no corría por cañerías en aquella época. Había que acarrearla de pozos vecinos o, las que eran más pobres, de la acequia más cercana. Una vez en casa, se distribuía en pequeños jarros con sus respectivas bandejas en las habitaciones para el lavado de manos y rostros. Se almacenaba también en los patios para dar de beber a los sirvientes y a los animales, y para asear las bacinicas. Y, por cierto, se acumulaban grandes cantidades en la cocina, ya fuera para preparar los alimentos como para ir lavando los utensilios de plata, porcelana o madera que se iban ocupando a través de las numerosas comidas diarias. Y el hielo, la nieve le decíamos, venía en carretela desde la cordillera, los caballos arriaban unos grandes bloques que nunca parecían derretirse.

O sea, llevamos doscientos años haciendo lo mismo.

Y seguimos bordando.

Y siguen bordando.

¿Sabes, Javiera, cómo se llama nuestra bandera? No la que tú hiciste sino la que debo hacer yo. «La estrella solitaria.» ¿Quieres bordar conmigo? Estoy tan cansada y debo terminarla para mañana.

Descansa, Manuela, duerme tranquila. Yo continuaré con tu labor.

A través de los ojos entrecerrados alcancé a ver a mi ilustre visita mientras tomaba delicadamente con sus manos la estrella de tela blanca junto a los hilos y el dedal. Su pollera se volvía vaporosa entre las nubes que la rodeaban. Dormirse así, como siempre hubiera querido, entre el baile de colores azul y rojo, acunada por otra que te acompaña, cubierta por algo sostenido y palpitante.

Ya era medianoche.

Desperté cerca de la madrugada con un enorme remezón. Un retumbar horrible e inclemente. La tierra se movía y aullaba. La naturaleza nos castigaba aun antes del juicio final.

Los volcanes de nuestra tierra.

Mi modesta casa de madera no sufrió. Ya en el sosiego prendí una vela y busqué los daños. Mis adornos y enseres permanecían en su lugar. Entonces vi los trozos de tela que cubrían la desnudez del piso. Pensé en mi país.

El trabajo estaba terminado. Pero la bandera estaba rota.

Cerco eléctrico

Cuando entraron a robar por segunda vez en casa de Magdalena, los amigos le sugirieron mudarse. Decían que en las grandes ciudades ya nadie vive en casas, que son inseguras y difíciles de llevar, que hoy se debe vivir en departamentos. Pero su casa era tan hermosa, ¿cómo dejarla? Secretamente temía que la memoria se le convirtiera en una prisión: la inocente llegada aquella tarde, el atisbo de una puerta resquebrajada, el caos de sus pertenencias repartidas por los suelos, ese olor ajeno distinto al suyo mezclándose en el aire, la imaginada sustancia viscosa arrinconándose en las esquinas como si pudiese tocarla, el impulso irrefrenable de salir corriendo, el asco ante la acción de recoger, ya manoseado, lo que ellos dejaron atrás, la repulsión frente a las sábanas desnudas de su cama deshecha, todas ellas emociones opresivas y humillantes. Su atención apenas se concentraba en lo que faltaba: el computador portátil, el equipo de música con sonidos tan nítidos, las joyas que resistieron el asalto anterior. Era la presencia de los asaltantes y los vestigios de ella lo que de verdad la conmovía. Trató de corregirse a sí misma: el término *violación* corresponde al cuerpo humano, no a la masa arquitectónica que lo cobija.

Cuando dos días después olía —con un sutil aliento a despedida— las rosas que había plantado con sus propias manos en el jardín de su casa, percibió la presencia de su marido, prosaica, segura, cotidiana. Lo miró, un poco confundida.

—Tranquilízate —dijo él—, tengo todo resuelto.

Ella sólo alzó las cejas, su forma de preguntar.

—Pondremos un cerco eléctrico alrededor de la casa.

—¿Un cerco eléctrico? —trató de que su voz no denunciara su incredulidad.

—Sí, es la gran solución. Si piensan volver a entrar, los ladrones se electrocutarán en el intento. Me han sugerido la idea y me ha parecido estupenda.

—Auschwitz.

—¿Qué dices?

—Me suena a Auschwitz.

—Es sólo una medida de seguridad.

—Quieres convertir nuestra casa en un campo de concentración.

—Pero, Magdalena...

—No, no... No es eso... No sé, no me gusta.

Mil imágenes pasaron por la cabeza de Magdalena, desde los alambres de púa del Muro de Berlín hasta los búnkeres en Río de Janeiro donde vivían aquellos ricos protegidos con electricidad mientras en las calles los pobres se mataban entre ellos o mataban a los menos ricos para quitarles su dinero.

—Es un problema de principios, Juan, no lo soportaría.

Magdalena pensó en su vida limitada y regular, donde no había sorpresas. Una esperanza soñó, no de pretender ser una persona realmente distinta, sino al menos de no entregarse a la rigidez de ciertos conceptos, a su juicio, conservadores. Una pequeña fantasía de ser alguien abierto, con un cierto corazón.

Pero de cada sueño despertaba aterrada, escuchando ruidos en el pasadizo, susurros en la cocina, esperando que esta vez los desalmados vinieran, ya no por joyas o equipos, sino por ella.

Odiaba que su marido llegara tarde del trabajo y la sometiera a este nuevo miedo, el de estar sola en la casa inmensa, inmensa pero tan hermosa, esperando aquellas pisadas fatales. Si no fuese por tal temor, la monotonía de sus días sería la misma, la invariable, la que arrastra un día y otro, todos casi iguales, inevitables, hasta preguntarse un amanecer si es esto el futuro.

Por motivos laborales, Magdalena debió dejar la ciudad durante una semana. Al partir, le pidió a su marido que estuviese atento, que cerrara bien cada mañana al salir y cada noche al acostarse. No deseaba sorpresa alguna al volver. Pero sí la tuvo: cuando el taxi que la traía del aeropuerto la depositó en la vereda afuera de su casa, algo relucía, algo diferente que nunca había estado allí. Mientras pagaba al taxista, trató de entender qué era lo que se había instalado entre las rosas. Ya con la valija y las llaves de la casa en la mano pudo enfocar la mirada. Pequeños letreros luminosos a cada dos metros, un aviso grande al lado de la puerta, todos llamando al peligro, al cuidado, el nombre de una compañía de seguridad, avisando de la existencia de la electricidad. Entonces comprendió que el golpe de vista que la había turbado tenía que ver con la falta de follaje, con lo despejado que se veía el muro antes desordenado, voluptuoso y verde. Ahora, por sobre la piedra, se levantaban muy limpias y sin interferencias tres líneas paralelas a lo largo de todo el perímetro, tres delgadas, finas y potentes líneas de acero. El cerco eléctrico.

Su marido ya se había quedado dormido. El cuerpo subía y bajaba, con su ronquido habitual. Se cubrió bien, escondiéndose bajo el edredón en busca de un sueño que la protegiese de cualquier miedo. Temió que la noche se le hiciese demasiado larga. Pero de pronto comprendió que los susurros en la cocina y las pisadas en el pasillo no llegarían. Un cerco eléctrico la separaba de sus agresores, entre ellos y su persona mediaban —con absoluta firmeza— las tres hileras de fino acero. Y el aviso de ellas, suficientemente aterrador. Entonces, el peso del edredón se hizo más liviano, las sábanas más suaves, el calor más envolvente y dulce. Cuando estas sensaciones se asentaron, a su mente no acudió la imagen de los campos de concentración ni tampoco la de las mansiones de los ostentosos millonarios. En cambio llegó la de Meryl Streep, con su estupenda actuación como periodista madura y progresista en Washington, entregando su prestigio y seriedad al desagradable senador republicano a cambio de un soborno. Cuando ya el sueño estaba a punto de vencerla, abrigada y protegida, Magdalena recordó con una pequeña sonrisa irónica las lágrimas de pesar e impotencia de Meryl Streep en la última escena de la película. Tarde o temprano, todos se entregan, dijo suavecito, y cerró los ojos.

Hembras
(Un divertimento)

Anabella y Marilyn tenían un par de cosas en común: ambas eran huérfanas, ambas engendradas por padre desconocido, ambas unas sobrevivientes. Nadie se explica bien cómo se las arreglaron hasta el instante en que fueron rescatadas —en distintos momentos cada una— para conocerse en el jardín de aquella casa grande en la provincia, en medio de una arboleda.

(Se miraron desconfiadas ese día, ninguna quiso dar el primer paso. ¿Y ésta quién es?, debe de haberse preguntado Anabella, y Marilyn probablemente le dio la espalda.)

En lo que sí se diferenciaban era en el aspecto físico. Y, por consiguiente, en la personalidad. Anabella era hermosa, muy hermosa, coqueta, ampulosa, lábil. Marilyn, en cambio, seca, tirante y oscura como una joven ciruela que no se cosechó. Es probable que la primera se ufanara de sus caderas y de esas mechas rubias y también de sus ojos insistentemente verdes. Nadie ponía en duda su belleza. Daba gusto verla caminar desde lejos, la luz sobre su cuerpo y la agilidad recorriendo cada vértebra. Sus pasos daban la impresión de nunca tocar el suelo. Perseguía los rayos de sol y cuando los conseguía y su tibieza le traspasaba la piel, la pereza se desparramaba por sus miembros, como si su única ambición fuese la de tenderse en ese pasto amplio y verde y cerrar los ojos antes de que cualquier cataclismo la alcanzara. Porque alguno había de alcanzarla, de eso estaba segura Anabella, que deambulaba por el territorio del parque y por las habitaciones de la casa grande, temiéndole a los imprevistos y a la soledad. Su verdadero problema es que odiaba estar a solas. Partía tras el bullicio, tras la gente, nunca discriminaba —mientras más mejor— y no le importaba pecar de indigna cuando sospechaba que no era bien recibida. Todo con tal de no estar sola. Hacía su entrada triunfal en una habitación repleta, miraba fijo desde la puerta a cada una de las personas allí presentes y, tras una leve vacilación, elegía a una de ellas. Para apegarse. Para ser un objeto de deseo. Para someterse: a cambio de la compañía, a cambio de nunca más dormir sola, a cambio de sentir otro cuerpo apretado que le brindara amparo. A veces su afán de seducción era lo bastante escandaloso para molestar a algún inadvertido visitante, pero ella sabía enmudecerlo clavando con torpeza heroica ese par de esmeraldas inundadas de inocente dulzura.

Los visitantes de aquella casa grande de provincias la agasajaban, la acariciaban, la mimaban, pero partían solos.

Marilyn, en cambio, parecía pasiva a su lado. Arisca, llegaron a decirle. No es que le faltara energía, es sólo que usaba su imaginación para otras actividades. Su pelo —corto, negro y lustroso— difería tanto del de Anabella como la noche del día. Su figura era pequeña pero compacta, como hecha de una fibra vigorosa. Caminaba de forma concreta y sólida, sus pasos eran cortos pero firmes. Desconfiada por naturaleza, parecía no tener en gran consideración al género humano ni pensaba ensalzarlo como lo hacía su compañera. Siempre miraba desde una distancia determinada, lo cual ponía a las personas un poco nerviosas, como si esos ojos juzgaran y analizaran sin piedad alguna. Como si su mirada siempre se volviera al interior de sí misma, desechando cualquier estímulo externo. A veces le rogaban que fuese más complaciente, a lo que ella se negaba con rotundidad. Muy de vez en cuando se entregaba voluntariamente a algún cariño, como lo haría hasta el más mísero de los seres, pero no ponía su vida al servicio de ellos. Podríamos decir que Marilyn era austera, casi un poco rígida, y cada una de sus acciones era concisa y calculada, sin perder tiempo en prebendas ni en arrumacos. ¿No era acaso una sobreviviente? Pues como tal debía encontrar su camino y para ello sólo podía confiar en sí misma. Era usual verla pasear sola por el parque mientras Anabella mendigaba un poco de amor.

Anabella, que no por ser coqueta era tonta, sentía sobre su cuerpo la mirada despreciativa de Marilyn y no la podía resistir. Ella deseaba ser aceptada por todos, incluida su amiga, huérfana como ella. Entonces se le acercaba y le proponía algún juego y volvían a corretear juntas, como lo habían hecho los primeros días. Pero en su interior crecía la impaciencia por demostrarle su superioridad: debía llegar pronto el día en que sus esfuerzos se viesen recompensados, el día en que pudiera alzar displicente su mano, como una gran dama, al son de una despedida. Ya vería Marilyn.

Pasó el tiempo.

Cómo olvidarlo. Era un domingo flojo. Marilyn, siempre atenta a lo que sucedía en su entorno, lo vio entrar a la casa del parque. Clavó en él sus ojos, sospechando quizás qué intenciones. Era un poco viejo, calculó Marilyn, pero su figura aparecía aún prestante, como lista para combatir. Vestía entero de cafés claros, pantalones de cotelé, chaqueta de tweed, una polera de cuello subido, todo en los mismos tonos. El pelo ralo pero en sus últimos intentos de disimulo. Una risa franca. Se sentó en un sillón junto a la enorme chimenea, seguro de sí mismo, tomó un café y compartió algunas palabras con la dueña de casa que Marilyn no escuchó. Pero alguien se levantó y llamó a Anabella. Ya frente a frente no la miró con demasiada insistencia aunque pasó su mano por aquellas mechas rubias, un intento de caricia. Y suponemos que no pudo ignorar el destello tan verde de esos ojos. ¿La quería para él?

Marilyn acechaba desde el jardín.

En la sala, Anabella clavó sus ojos en ella.

No alcanzó a despedirse.

El señor café partió con Anabella y Marilyn se quedó mirando.

Hoy Anabella vive en una preciosa casa. Mimada, amparada y protegida de todo mal, se tiende en mullidos cojines de seda para apropiarse de los rayos de sol, come sólo manjares, es el centro de atención de todos a su alrededor y nunca padece la soledad. Las puertas de la casa están cerradas. Ya no puede deambular, cuando trata de abrirlas se queda en el empeño. Y aunque cada noche se aprieta a un cuerpo salvador y no se duerme hasta hartarse de las caricias, no la dejan callejear. La cuidan, sí, es una reina. Es amada. Nadie sabe cuánto ama ella, si se cansa de tanto sometimiento, qué opina de su protector, qué cosas le molestan de él, si a veces no desea escapar; hoy en día las opiniones de Anabella son un secreto. Lo único que sabemos es que no debe enfrentar cada mañana un trabajo para alimentarse, y que no la ronda la soledad.

Marilyn, en cambio, sigue en el parque, sola. Nunca nadie la rescató —difícil tarea, habría opinado Anabella, con tan escaso empeño de su parte— y cada mañana pelea por su alimento, por su seguridad, por el difícil equilibrio del día. Camina sola por el pasto, conoce cada árbol, cada raíz, cada arbusto por donde se filtra el sol en invierno y la sombra en verano, una vagabunda pletórica de libertad. Se tiene sólo a sí misma. Y al parque.

¿Cuál de ellas ganó?

Difícil decirlo. ¿Quién se atreve a hablar de victorias o derrotas? A fin de cuentas, Anabella y Marilyn tienen hasta hoy una cosa en común que el tiempo no ha variado: ambas son gatas.

Su norte

Aquel lunes amaneció sumido en un extraño silencio, un silencio denso y un poco saturado, como si un aliento determinado faltase, como si la ausencia de una respiración alterara la composición del sonido. María Bonita distinguió esa mañana de todas las otras mañanas de treinta y tres largos años. En verdad se llamaba Fresia, pero como le gustaban las rancheras y sabía cantarlas, desde siempre la llamaron María Bonita.

Se levantó de la cama y se dirigió a la cocina, como cada día, para hervir el agua para el té. Después de lavarse y vestirse, saldría a comprar el pan y limpiaría un poco la casa. Y luego, ¿qué? Sentarse frente a la tele, mirar el velorio, tratar de entender a los fanáticos que lo acompañaban. Pero salir a la calle, no. Muchos en la población partirían al centro a celebrar la muerte del dictador. Sin embargo, su ánimo no era festivo. Tanto esperar este acontecimiento cada día, cada uno de los largos días de todos estos largos años. Siempre pensó que el cuerpo de Manuel aparecería antes del momento en que esta muerte se anunciase. Apostó a ello, como una carrera, quién gana: me enteraré de la verdad o morirá él, yo gano, conoceré el paradero de mi marido mientras él esté vivito y coleando, no se me puede morir antes de eso. El día anterior, un domingo soleado de diciembre, luego de escuchar la noticia, pensó, desalentada: ¿y ahora qué? Observaba la pantalla, con champagne celebraban los ricos, con pancartas y cerveza los pobres, todos en la calle. Siempre supuso que ella sería la primera en salir a festejar el instante en que esto ocurriese, ¿no era su carga una gran herida? Pero llegó el momento y sus dos piernas se convirtieron en cubos de plomo, pesados, inamovibles, como si un hechicero triste le robase el cerebro y extendiera la inmovilidad por su cuerpo. Instalada en el viejo y deshilachado sillón verde, las imágenes de la pantalla y su propia vida se fundían. Miraba el ataúd rodeado por uniformes pero era a Manuel a quien veía, el día de su boda, el día en que ganó Allende, el día que lo vinieron a buscar y nunca más volvió. Cuando hablaban los periodistas en la tele ella escuchaba todas sus esperanzas rotas, su eterno peregrinar, su hermandad con las otras viudas, los huesos encontrados que nunca fueron los suyos.

María Bonita se acostumbró a despertar por la mañana y a recordar que alguien en la ciudad respiraba también y que esa respiración correspondía a su enemigo jurado. Su sola existencia le inyectaba el poder de la energía. Cuando la respiración se trasladó a los hospitales de Londres, ella temió no escucharla, pero el océano la traía cada mañana y diligente atravesaba el mundo y llegaba a sus oídos. Lejana, pero igual llegaba. ¿Y ahora qué?, volvió a preguntarse. Mañana lo enterrarán y pasado mañana los diarios empezarán a hablar de otra cosa, ninguna noticia, por importante que sea, resiste tanta cobertura, y la vida continuará y él ya no respirará cada mañana. ¿Y yo?

Como las manillas de una brújula espantada por algún golpe repentino e inmerecido, María Bonita se estremeció. Atisbó una verdad: su norte era su enemigo. Y el enemigo había muerto.

El robo

La conocí en Dubrovnik.

El calor era inmenso, aplastador. Mi deseo inmediato habría sido volver al hotel y descansar, echarme sobre la cama con aire acondicionado, como un alga marchita, cada tentáculo exhausto. Pensé que los rayos del sol iban a disolverme. Pero mi afán por volver a mirar la ciudad, que me tenía embrujada, hizo que dirigiera mis pasos al casco antiguo, más allá de las iglesias y de las murallas —¿las más bellas del mundo?—, más allá de los turistas y de las calles de mármol, más allá de la suntuosa Stradun. Acalorada y todo, las pequeñas y angostas calles laterales repletas de escaleras interminables me parecieron una invitación. Comencé a subirlas y a doblar en unas y en otras aún más pequeñas, formando entre sí un verdadero laberinto de piedra y hierba. Agotada por el calor y el ascenso —la pendiente era acusada, ya cubría toda la ciudad con mis ojos— me senté en un banco afuera de una casa. Era un lugar tan fresco, con su muro lleno de enredaderas y arbustos a ambos lados de la puerta de entrada. Encendí un cigarrillo. Llamaron mi atención un par de collares que colgaban de la reja y, al observarlos, vi que también había pañuelos hermosamente bordados, todos suspendidos del fierro, expuestos. Como la puerta estaba abierta, decidí entrar. En un primer rellano encontré una mesa de madera: sobre ella, unos pequeños maniquís blancos lucían otros collares, más originales y raros, quizás más finos que los que estaban en la reja. Comprendí que era una tienda o, más bien, la casa de alguien que vendía aquellos objetos. Subí más escalones y allí estaba la vivienda propiamente dicha: daba la impresión de que me esperaba con la puerta abierta.

La sala era fresca y austera. Al mirar el piso de piedra y los muros blancos tan gruesos me pregunté cuán antiguos serían, todo lo que me rodeaba databa de siglos y siglos atrás. Unas pocas banquetas alrededor, cubiertas con un paño morado, hacían de vitrina para joyas y bordados. El aspecto era inmaculado. Entonces apareció una mujer, supongo que habría sentido mis pasos.

Era alta, clara, con los ojos muy azules y el pelo blanco, suelto sobre los hombros. Le hacía honor a las mujeres eslavas, probablemente las más bellas del mundo europeo. Lo que inmediatamente me gustó fue su cuello tan largo, le daba una enorme elegancia. Y el bronceado le restaba severidad, una tez curtida por el aire y por el sol. Vestía una blusa sencilla, escotada y sin mangas. Parecía jovial y a la vez eterna, sin que esto se contradijera, los años y la juventud convivían en ella. Pensé en un río o en el mar, algo acuático, como si su alma vagara lejos.

Me saludó amable, invitándome a pasar. Probablemente mi aspecto acalorado la conmovió porque me ofreció un vaso de agua de inmediato. Mientras lo tomaba, comencé a mirar las pulseras, los collares, a tocarlos, a preguntar por sus precios, hasta que me encontré con un par de aros que centelleaban frente a mí, como si me hubiesen estado esperando. Eran una preciosura: un pequeño brillante en forma de esfera se asía al lóbulo de la oreja y tres cortas hileras, del mismo material, colgaban de ella. Pequeños, ínfimos manantiales. Fascinada, los tomé en mis manos al instante. No supe descifrar en qué se notaba, pero me pareció evidente que tenían muchos años. La mujer me alentó a probármelos y trajo un espejo. Fue impresionante constatar cómo su solo contacto iluminaba mi rostro. Ella sonrió.

¿Cuál es su origen?, le pregunté, ¿de dónde salieron estos aros?

Eran míos, respondió, se salvaron de un robo.

¿Un robo?

Entonces me contó esta pequeña historia.

Milka, así se llamaba la mujer, vivía hace veinte años atrás en una villa frente al mar, en Dubrovnik, lejos de la Stari Grad, una casa grande y hermosa enteramente rodeada de cipreses. Su marido, aprovechando el fin del socialismo, se había lanzado al negocio inmobiliario en la ciudad con la ayuda de capitales croatas de diversas partes del mundo, hasta convertirse en un gran empresario hotelero. No pudieron tener hijos y la vida de los dos, entre la década del ochenta y la del noventa, fue delirante —esa palabra usó Milka—: con la nueva libertad que respiraban, el dinero que entraba, los lujos antes desconocidos y los múltiples visitantes que albergaban en la villa. Ella cumplía como la más espléndida de las anfitrionas y cada vez que esto sucedía, se denominaba a sí misma Mrs. Dalloway, mientras observaba por entre las pestañas a los invitados con una mirada casi miope y sentía una rara nostalgia. Instalada frente a su tocador, se observaba largamente, se veía hermosa, pero siempre, siempre, algo la inquietaba.

Llegó la guerra.

Un domingo por la tarde se encontraba sola en la gran villa. Sentada frente a su tocador, con la mirada fija en el espejo, sintió ruidos desconocidos en el jardín. Se asomó cuidadosamente por la ventana y los vio: un grupo de soldados golpeaba la puerta. Golpeaban fuerte y no eran los de su bando. Corrió hacia su vestidor, una sala pequeña sin ventanas al costado del dormitorio, y allí se escondió. Contuvo la respiración y, parada inmóvil entre un gancho y otro, decidió que debía convertirse en un vestido.

Desde su escondite sigue todo el recorrido de los soldados, con el oído atentísimo en esa radical soledad: los escucha abrir la puerta a patadas, sus gritos animosos y casi joviales, el paseo entre una habitación del primer piso y otra, las exclamaciones de júbilo (no puede dejar de preguntarse qué encontrarían que los hace tan felices, ¿la platería?, ¿los jarrones de su bisabuelo?, ¿los gobelinos franceses que cubren las murallas del comedor?). Sabe que se lo están llevando todo, comprende que es un robo, no otra cosa. La casa del enemigo está vacía: adelante. Escucha unas botas que suben estrepitosamente las escaleras. Alguien está a metros de ella, en su dormitorio. Siente cómo abren y cierran cajones. Sus joyas. A los pocos minutos abandonan la pieza, vuelven a bajar hacia la primera planta. ¿Es idea suya o se están instalando en la cocina? Ella sabe que hay bastante comida, las sobras de la noche anterior resultarán cuantiosas en tiempos de guerra. Entonces comprende que debe esperar. Y resuelve no enloquecer. Ya no la han encontrado, es difícil que vuelvan al dormitorio y abran esta puertecita tan insignificante que da paso a su vestidor. Decide, para calmarse, recorrer sus vestidos.

¿Hace cuánto tiempo que no ordeno este clóset?, se pregunta desconcertada, ¿todavía tengo este *robe-manteau*? Huele los años de vida en la tela azul oscuro, y recuerda cuando su amiga Ema se lo regaló, a ella no le cruzaba en la cintura y se lo cedió con un envidioso: a ti todo te queda bien. ¿Ema?, ¿cuánto hace que no la recuerda?, ¿por qué fueron amigas alguna vez? Su amistad no tenía paridad, era una más de sus relaciones insatisfactorias, Ema siempre quiso *ser* ella.

Alarga un poco la mano a sabiendas de lo que va a encontrar: su vestido de boda, siempre allí bajo una cubierta de nylon. Lo toca. Evoca aquel día. No siente nada y sabe que esto no es culpa de los ladrones. Recuerda esa noche en que su marido se lo arrancó, no supo ni desvestirla como ella esperaba. Esa noche en que se convirtió en su mujer por todas las leyes, mientras salía majestuosa de la iglesia, miró a su padre y quiso volver a casa con él.

A su lado, muy próximo a su nariz, siente el delicado raso del vestido que ha usado hace una semana para recibir a un comerciante francés. Todavía está fresca la huella de su perfume. Qué mal lo pasé esa noche, piensa, qué aburrido el francés, toda esa conversación banal mientras su marido se deshacía en atenciones, como si no hubiese una guerra. Lo único que ella deseaba era irse a acostar, pero aquello habría dado una mala impresión. Y tuvo que atestiguar cómo los vasos de vodka se vaciaban, ella que no toma alcohol. Y la mujer del comerciante: ninguna observación medianamente interesante durante la larga noche. No quiere oler el perfume, de repente le dan arcadas.

Así continúa, inmersa entre los colgadores, hasta que escucha partir a los soldados. Abandona el escondite. Antes de entrar siquiera al salón o a la cocina a ver los estropicios, saca todo lo que hay adentro de su clóset y comienza a meterlo en grandes bolsas plásticas. Baja por las escaleras con bastante esfuerzo, es mucha la cantidad de ropa. Las mete adentro del auto. Parte a aquel lugar, donde se entrega ayuda a los refugiados. Entrega todo. Vuelve a la villa. Camina por el caos en que convirtieron la cocina, va al salón y pasea la mirada, constatando todo lo que se han llevado.

Vuelve al dormitorio, toma un bolso grande de cuero que usaba antiguamente para ir de fin de semana donde sus padres y mete algunas cosas adentro. Sólo lo básico. Luego se pone el abrigo y con toda calma baja por las mismas escaleras por las que, momentos atrás, han bajado los ladrones y su ropa. Piensa en su amiga Tania, que vive en el corazón mismo del casco antiguo, en un laberinto enteramente de piedra. Piensa que quiere ver lo que no existe. Piensa que no volverá a pisar la villa nunca más. Y así lo hace.

Milka me entrega los aros cuando ya he pagado y he tomado el rico café que me preparó.

¿Cómo se salvaron los aros?, le pregunté.

Los llevaba puestos aquel día, responde. Si los pierdes, no te preocupes, ya han sobrevivido más de la cuenta.

En Bosnia

Las murallas se construyen para atajar al mar, ¿no es cierto?

O para detener al enemigo.

Sudan las piedras ese mediodía en el calor de agosto, sudan los árboles y suda el sol. Delante de ellos, en la frontera, detuvieron un camión, llevaba adentro veintidós cabritos muertos, es contrabando, dijo Fabio; uno por uno los fue contando Eloísa, sorprendida de que no los hubiesen mutilado, los cuerpos perfectos pero con la piel enteramente arrancada. Dos funcionarios, uno sujetando al animal por las patas delanteras, el otro por las traseras, los descargaban para arrojarlos de inmediato a un basurero, veintidós, sus caritas estaban intactas. Eran jóvenes, preciosa carne, ¿cuántos kilos sumarían?, deberíamos ser vegetarianos, le dice Eloísa a Fabio. Al concluir esta lenta operación y al fin vaciar el vehículo, miraron al interior y vieron la sangre también en el pavimento y en el basurero.

La madre de Eloísa solía repetirle un proverbio de Salomón: «El corazón alegre es buen remedio y hace que el rostro sea hermoso. El espíritu triste seca los huesos». Piensa que los cabritos no tuvieron tiempo de secarse. Afortunados ellos.

Van camino a Móstar, en Bosnia y Herzegovina. Un lugar emblemático, le dice Fabio, y le habla del puente, de aquel precioso puente, símbolo de la cultura cristiana y musulmana, bombardeado durante la guerra. A sólo un par de horas desde la frontera. Luego de cruzarla, ya en tierra bosnia, se detienen un rato en Neum, toman un agua mineral que los refresca de la larga espera con los pasaportes en mano y de las laberínticas entradas y salidas de Croacia para acceder al país vecino. Se limpian el sudor de la cara, mojados de fragante humedad, de calor y sol. Cuando Fabio habla, sus ojos se tornan algo meditabundos y se empequeñecen, luego inclina la cabeza hacia la izquierda, como si toda palabra mereciera sopesarse.

Camino a Móstar hay un pueblo muy hermoso, le dice, nos detendremos allí un momento, es todo de piedra y no lo habitan más de cien personas, te gustará. Eloísa teme que su interés por las palabras de Fabio y su intento de transformarla en alguien con asombro y curiosidad se difuminen, atrapada como está en recuerdos inútiles. (El sonido de la llave el día que Juan se las devolvió. El leve chasquido de ese metal liviano. Aquello ya pasó, sucedió hace meses en Chile, se dice Eloísa, no tiene que ver con los pueblos antiguos ni con la guerra de los Balcanes. Pero vuelve y vuelve porfiada la imagen: las llaves del departamento que Juan guardaba en su bolsillo eran el símbolo de su propia pertenencia. Si Juan tenía las llaves de mi casa, yo era de Juan; pero Juan me las devolvió.) Es ese leve chasquido el que interrumpe las palabras de Fabio y no sólo sus palabras en este instante sino su extraordinaria apertura, cuando la invitó a pasar unos días en una villa de su familia en la Toscana y luego le propuso este viaje en su pequeño Fiat por los Balcanes.

El río le gusta a Eloísa, más que nada el río, fresco, verde y cristalino, primoroso. Hace su mismo camino. El Neretva, le dice Fabio. Y entonces ve el pueblo, empinado en la roca, a la derecha del río, construido sobre la pendiente de una colina. Distingue de lejos un minarete y la torre de un reloj. Una pequeña ciudad medieval fortificada. Eloísa piensa cómo será vivir junto a cien habitantes. Dejan el pequeño Fiat en las afueras del pueblo y comienzan a escalarlo a pie. Nadie a la vista. El calor hace que la gente se esconda, piensa Eloísa. En plena calle los interrumpe un pequeño bazar repleto de souvenirs atendido por mujeres con largas polleras y la cabeza cubierta. Se entretiene mirando los collares, le gusta uno de cobre con dos circunferencias entrelazadas, lo sujeta en su mano un rato pensando si lo compra, luego decide que no debe gastar su plata; si se tienta con algo en cada aldea, no le quedará nada. De lejos escucha unas voces, unos cánticos, mira hacia arriba y ve cómo se asoma la gran mezquita. Me gustan los salmos, le dice a Fabio. Continúan subiendo por las construcciones de piedra, como si las casas naciesen de la roca, sólo una prolongación del material. Fabio le cuenta de los bombardeos, del estado en que quedó el pueblo después de la guerra y cómo lo han reconstruido. Y que el campanario de la iglesia principal repicó cada día hasta que lo fundieron para hacer balas en la Gran Guerra. Eloísa escucha todo, toca la piedra, mira los balcones de las casas, mira el río. Vuelve a tocar la piedra y piensa en la guerra, piensa en lo que aquellas rocas se han tragado, en los lamentos, en los alaridos, en los disparos. Piensa en los veintidós cabritos, también aniquilados. Busca las cicatrices.

Divisa en una esquina un pequeño restaurant cuya terraza está cubierta enteramente por parrones.

El verde de la parra es como el verde del río. Eloísa invita a su amigo a tomar un café. Aún no encuentra un solo lugar en la zona cuyo café no sea estupendo. Entran al local y esperan un buen rato a que los atiendan, ¿será el único lugar del pueblo donde ofrecen comida? Hay dos franceses en la mesa de al lado, primer signo de turismo. Mientras llega el café, Eloísa se fija en un letrero instalado casualmente bajo la parra. Escrito a mano en inglés, dice que se busca mesera. Entre paréntesis agrega: «casa y comida». Fabio le está explicando la ciudad, empequeñece los ojos e inclina un poco la cabeza para hablarle de los musulmanes, y Eloísa, entre referencias al Imperio Otomano y al Austrohúngaro, piensa en el chasquido de la llave cuando Juan se la devolvió, en su país tan lejano, en la cantidad de lágrimas que ha derramado, en la inutilidad de la huida. Recuerda haber cruzado el Atlántico escapando de ese chasquido, sentada al lado de la ventana con el corazón roto. Recuerda haber mirado las nubes, el lomo de una serie de ovejas con la piel mal peinada que se han reunido a conversar entre ellas, absolutamente indiferentes al paso explosivo de un avión, tantos rulos blancos, voluminosos y carnudos, tan sociables una al lado de la otra, pegaditas. Cuando son muchas tapan el sol —algunas veces a comarcas enteras— mientras los humanos, abajo en la sombra o la penumbra, esperan pacientes que terminen con su cháchara. Para Eloísa, en aquel momento, si el sol alumbrara un pedazo de tierra, sólo demostraría que el mundo revela insustancialidad e insignificancia. Extiende su mano automáticamente para tocar pero no toca nada y ese vacío se llama dolor. Esta vez nadie podrá ayudarla. Recuerda en su infancia cuando se sentía sola y su madre salía a la calle a buscarle los amigos que ella no tenía, entraba por la puerta con un par de chiquillos de la mano que efectivamente jugaban con ella, ¿les pagaría para que vinieran?, se pregunta Eloísa cruzando el Atlántico. Y un día se pilló a sí misma haciendo lo mismo con su gato: cazándole ella las polillas que él no lograba alcanzar y entregándoselas como si el producto de la caza fuese triunfo del gato. La protección. (La que no tuvieron los cabritos de la frontera.) Llegó a Italia y se sintió repentinamente vacía, como privada de algo. Entonces conoció a Fabio.

¿Estás cansada?, le pregunta Fabio cuando la ve sobándose la parte inferior de las piernas. ¿Te duelen?

No, no, contesta Eloísa, no me duele nada, ¿sabes?, me da miedo que se me sequen los huesos.

Toman el café, Eloísa ya se ha acostumbrado a pedirlo doble, un expreso doble donde vaya, el otro es muy pequeño y la deja insatisfecha. El dueño en persona los atiende: un hombre alto, fuerte y grande como todos los hombres de la zona, más oscuro que los de la costa, con un delantal amarrado en la cintura. Se ha rapado la cabeza y les habla en italiano. Ella pregunta si ya consiguió la mesera que busca, el hombre le dice que no, que está esperando que respondan a su aviso. Eloísa siente un enorme bienestar entre el efecto del expreso y la sombra de la parra. Piensa que debe llegar aún a Móstar y luego a Sarajevo y se pregunta para qué. Piensa también en los veintidós cabritos despellejados con sus caras intactas.

Cuando Fabio ya ha pagado y se levanta del asiento para partir, Eloísa permanece sentada. Vamos, le dice Fabio, muévete, debemos llegar a Móstar para el almuerzo. No, le responde Eloísa, mejor anda sin mí.

Al subir por los escalones de piedra del restaurant, que como todas las casas de Pocitelj mira hacia el río, escucha en su mente la voz de Fabio y sus palabras de despedida: ¿no serás una de esas mujeres de muchas emociones y pocos sentimientos?, y se oye a sí misma respondiendo: quizás, probablemente.

El balneario

Había una vez.

¿Qué había?

Había un balneario y una mujer. A juicio de la mujer, tendida en su cama con una cadera rota y con la ventana abierta como el simple recordatorio de otras existencias, los balnearios son un horror, una peste, sólo una masoquista como ella elije vivir allí, aunque al instante recuerda que no hubo elección. El olor a crema y a bronceador barato chorrea por los cuerpos acalorados, brillantes y aceitados que ocupan las calles y se permiten inundarlas en una desnudez obscena, ¿por qué no, si es un balneario? Hay carnes de todo tipo: rojas, blancas, rosadas, apretadas y duras, flácidas y grasosas, quemadas, cada una con un toque incandescente. Acarrean distintos objetos en las manos: toallas, canastos de playa, salvavidas inflados, bolsas con pícnic, tablas de surf, a veces hasta motos de agua. Ya no son baldes y palas de plástico para que los niños jueguen en la arena como en sus tiempos, qué va, si ya no hay arena, todo tan, tan repleto, ahora son juguetes adultos que a ella, desde su ventana, le parecen grotescos. Hablan fuerte y gritan y ríen como animales atorados, unen los sonidos de las carcajadas roncas a las estridentes y en los boliches se desatan con la cerveza y los alaridos porque —¡cómo no!— están de vacaciones. Cada día aparece una nueva construcción, apurada, hecha en un dos por tres, total, pagan los rusos, comprimen y estrujan los metros cuadrados para albergar a aquellos embadurnados personajes, siempre hinchados de alegría obligatoria y precaria, y para sacarle partido a la poca vista que queda de ese pobre mar que no tiene arte ni parte en el asunto. En un balneario no hay control sobre la arquitectura, es tal la codicia de sus municipios para aprovechar el territorio que aprueban planos y proyectos sin ton ni son, por no insistir en la regulación de alturas y de estilo porque los montenegrinos necesitan con desesperación más y más edificios para el lugar donde se instalan, no importa si frágiles, si feos o desproporcionados. Se requieren más y más bañistas. No hay una sola calle en la ciudad que no se transforme cuando llega el verano. Y no hay un solo comercio que venda algo que valga la pena. Los turistas se lo tragan todo, desde las cocacolas y papas fritas hasta los anteojos de sol por diez euros, los collares y pulseras plásticas que hacen pasar por coral y turquesa. Todo es un poco falso en el balneario.

Agradece a Dios que desde su dormitorio sólo ve la calle principal que lleva al mar, y no la playa misma. Cree que no podría soportarlo, esa marea humana peleándose por un centímetro donde poner el quitasol o la toalla, pegados unos a otros como manadas acaloradas e inquietas, todos ansiosos, todos infelices.

De más está decirlo, a esta mujer no le gusta la gente. No tiene problemas con las personas en particular sino con *la gente* en general.

Tiene reparos de todo tipo, comenzando por los ruidos y los olores. Sus problemas con los olores a encierro o a falta de limpieza no son morales sino físicos. Se ufana de sus capacidades olfativas (nunca he prendido un cigarrillo en mi vida, le dice a sus vecinos) y detecta a un metro de distancia al que se ha saltado la ducha aquella mañana. El mal aliento la agrede personalmente como una afrenta y se lava los dientes cinco veces al día. Los ruidos la destruyen: la motosierra de las nuevas construcciones, los gritos de los veraneantes, la música fuerte, la radio mal sintonizada, las bocinas de los autos cuando se arman los inevitables atascos en la calle principal del balneario. Y ni hablar de los que hablan a voz en cuello por sus teléfonos celulares.

En fin.

Ésta es la historia de una mujer y su soledad.

Esta mujer se llama Irma y aunque vive hace muchos años en la República de Montenegro, conserva su nacionalidad chilena. ¿Cómo vine a parar aquí?, se pregunta cuando huele el bronceador de las mujeres por la vereda. Su casa queda en la localidad de Igalo, cerca de la frontera con Croacia. No viven allí más de cuatro mil personas, aunque la cercanía con Herceg Novi, una ciudad bastante más atractiva, confunde a la gente. Los nativos de Igalo, los más viejos, se quedaron pegados a la idea de que su balneario era esplendoroso; hasta Tito tenía allí su casa de verano, suelen recordar. Pero hoy sólo vienen los croatas pobres para los cuales su país se ha hecho muy caro, los habitantes de la Europa del Este cuyas economías aún no logran repuntar y los montenegrinos del interior. Los rusos ricos no paran allí, siguen de largo hasta los alrededores de Budva o de Sveti Stefan, en pos de una frivolidad real. La suerte mía, cómo no había de tocarme la escoria, lamenta Irma mirando por la ventana. Espera a la kinesióloga para hacer sus ejercicios y vuelve a mirar por la ventana.

Conoció a Dragan en su país natal, hace muchos años atrás, demasiados. Él pasaba las vacaciones en una quinta de Quilicura con familiares que habían aterrizado allí después de la Segunda Guerra, escapando de la pobreza que asolaba en el antiguo continente, de la incertidumbre y del socialismo que comenzaba. Irma lo miró de reojo un día que viajaba en una micro, ella sentada y él parado sujetándose de la baranda. Se bajaron en el mismo paradero y cuando vio que él estaba perdido, se acercó a ayudarlo. Le gustó que fuera inmenso, que sus crespos cayeran tan graciosamente sobre sus ojos y que hablara el español con tanta dificultad. Ella, de estatura baja, había pasado toda su infancia y juventud tratando de reponer en su personalidad lo que no daba en altura. Y fue ese donaire lo que cautivó al extranjero. La invitó a pasar a la quinta cuando llegaron hasta la puerta y ella aceptó con el suficiente regateo y pudor como para parecerle decente. Entre un vaso de Bilz y otro, Irma trató de explicarle su país. Más tarde él le comentaría: no sé lo que me dicen pero sé cómo lo dicen.

La familia de Irma era dueña de un pequeño pedazo de tierra cerca de Quilicura, una gente modesta que poseía algunas vacas con cuya leche hacía su madre un rico quesillo que vendía más tarde en la carretera (antes de que se transformara en autopista). Su padre era dueño de un almacén que trabajaban él mismo y sus hermanos. No recuerda que les hubiese faltado nada, ni comida ni educación. Cuando más tarde fue presentada a la familia de Dragan, él explicó que la novia era hija de un ganadero de la zona central (los montenegrinos no tenían por qué saber que los ganaderos estaban todos en el sur). Hasta hoy la familia postiza ignora que su padre sólo tenía cuatro vacas, y que las vendió para celebrar la boda.

Dragan era una persona de aspecto reconfortante pero nunca parecía tener algo que decir. Irma pensaba en un hombre como una mascota y no se inquietaba con su silencio. Se enojaba un poco con esa capacidad de él para restringir sus sentimientos: cada vez que expresaba algo, lo anulaba de inmediato, ya fuera con una broma, con la autodeprecación, o alzando los hombros para despachar la idea. La gestualidad de su cuerpo tendía a la contención, nunca se dejaba ir del todo. Ella consideraba saludable ponerle palabras a los sentimientos y así rebajar la intensidad emocional. Pero él se burlaba: las mujeres parten olímpicas y terminan enredadas.

Irma aprendió muchas cosas en su nuevo hogar. Entre ellas, que la gran afición de los montenegrinos hasta la Gran Guerra era cortar cabezas y luego exponerlas; cuando algo se lo impedía, cortaban orejas y narices. Tuvo siempre la precaución de no provocar a este montenegrino suyo, orgulloso y libertario hasta la médula.

Desde el primer día, Irma amó su segundo país. Mirar el Adriático era como beber un vino frutoso, no se cansaba de él. Pero lo que más la emocionó siempre fueron esos enormes montes negros que cubrían sus espaldas. Enormes y tan negros.

Siempre estaba resguardada.

Vivían en la bahía de Kotor. La majestuosa bahía con sus aguas y sus precipicios, Cattaro la nombraron los venecianos en su largo reinado sobre ella. Tan negro su entorno, tan verde su falda. Recién casados, los acogió el pueblo medieval con sus enormes muros, y allí Dragan y ella vivieron en la Stari Grad, en un pequeño piso cuya ventana daba a los montes y donde podía mirar la larga continuación, hacia los cerros, de la gran muralla que protegió al pueblo alguna vez. Tienen cojones estos montenegrinos, le decía a Dragan, mira tú que construir una muralla de este tamaño, ni que se creyeran China. (Más tarde volvería a decirlo —ya no a Dragan— cuando se independizaron de Serbia: ¿independientes?, si son apenas seiscientos mil habitantes, ¿cómo piensan mantenerse?, ¡qué cojones que tienen!)

Él trabajaba en el restaurant de la esquina —propiedad de una cooperativa— como jefe de garzones; ella en casa, al lado del horno, haciendo repostería para el mismo restaurant. Había aprendido desde pequeña al lado de su madre que, además de ser una experta en el quesillo, tenía buenas manos para las tortas, los queques y los pasteles. La cotidianidad era plácida, Irma la sentía bastante amable. El socialismo no los incomodaba, ni hostigados ni reprimidos, sólo le resultaba difícil a veces a Dragan sentirse hermano de los musulmanes o católicos de las tierras aledañas. Él continuaba asistiendo a su iglesia ortodoxa, una preciosa construcción medieval en el centro mismo de la Stari Grad, y a ella, su rito y ornamentación la cautivaron más de lo que la Iglesia católica nunca lo había hecho en Chile. Allí criaron al pequeño Sasa. A veces Irma caminaba por el pueblo y se concentraba en los mármoles rojos del suelo de las calles, le gustaba pisarlos, le parecía un lujo que sostuvieran sus pies. Era entonces que pensaba: la vida ha sido generosa. Y procuraba no olvidar el origen de la palabra *Balcanes:* miel y sangre. Tenía plena certeza de estar probando la miel y con cierta inquietud se preguntaba, ¿por qué la sangre?

Llega la kinesióloga, abre la puerta del departamento con la misma llave que Irma deja bajo el felpudo para Danitza, la chiquilla que viene cada mañana a asear y a darle comida. Se dirige a su dormitorio saludándola: ¿cómo está mi amorcito hoy día?, ¿durmió bien anoche mi niña? Irma no la quiere y no sólo por su estúpido lenguaje: lo que detesta en la kinesióloga es la permanente descripción que hace de sí misma sin que nadie se lo pida. «Yo soy directa y digo las cosas», «Yo soy puntual, puntual como un reloj», «Yo soy como fiera para los remedios, no se me olvida uno», «Yo soy genial con las caderas rotas, genial, nunca se me queja un paciente».

Hoy avisa que es su último día, que a partir de mañana la necesitan a tiempo completo en el hospital, pero que no se preocupe, su reemplazante es casi tan bueno como ella.

Irma eleva los ojos al cielo y agradece. Por fin se librará de esta molesta presencia. Habla con tan poca gente desde su lecho de enferma, no quiere desperdiciar la energía, que le es tan escasa estos días, en una relación poco gratificante.

Irma es una persona vital. Despliega una enorme actividad en su repostería (que hoy disfrutan los turistas), en trabajos domésticos, en trámites, en Belgrado cuando va a ver a sus nietos. Pero lo que drena su energía es la gente. No es una persona antisocial, es capaz de sentir afectos y empatía, pero en el ejercicio mismo de la relación con el otro, se cansa. Cada dos viernes, por ejemplo, va Iván, el dueño de la carnicería una calle más arriba, a jugar cartas con ella. Le profesa simpatía. Sin embargo, cuando llega la noche —luego de que él ha partido— se tiende en la cama, cierra los ojos y, agotada, echa de menos la energía que Iván le ha quitado. Lo mismo le sucede con Silvana, la italiana grande y divertida que trabaja en la lavandería. Son amigas desde hace casi veinte años. Sin embargo, cuando la invita a comer o a probar alguna torta nueva, considera de mal gusto que su amiga prolongue su visita más allá del café. Bien sabe que esto no obedece a razones ni éticas ni relacionadas con la formalidad sino a su cansancio. Cuando Silvana cierra la puerta al partir, ella llega casi a tientas a su dormitorio, se tiende en la cama como hace siempre que queda sola, y ausculta el silencio. Todo lo que necesita para continuar el día es no implicarse afectivamente con nadie. El otro quiebra algo en su interior. Irma sabe que ese algo no es oscuro ni complejo, es solamente energía. Se pregunta cómo hará la gente, la que logra interactuar con los demás, para no sentir que le roban el alma. Se pregunta si no llevará una vida muy aislada desde la guerra. Si el abandono de su piso en Kotor y de la hermosa bahía no le arrancó algo para siempre. Se pregunta si la viudez no la ha secado. Si aquella carnicería que la dejó sin marido no la habrá roto de forma irreversible.

Tendida en su obligada inmovilidad se pregunta por otros lugares, los más cercanos. El Danubio, por ejemplo, ¿será verde o azul el Danubio? Pero inmediatamente se responde, puedo morir sin saberlo y no importa nada.

Escucha el sonido de la puerta de entrada que se abre. En el umbral de su dormitorio aparece un chico con aspecto de veraneante. Lleva un delantal blanco en la mano pero eso no impide a Irma emitir silenciosos juicios: esos pantalones cortos color caqui, esa camiseta con marcas de sudor, esa piel transpirada y aceitosa, esos músculos al aire, como si necesitara lucirlos. Le falta sólo la tabla de surf, piensa. Además tiene el pelo crespo, como Dragan, pero muy rubio y bastante más largo de lo que lo usaba su marido.

Hay cuarenta y dos grados de temperatura allá afuera, le anuncia, como si esto no le afectara en absoluto. Luego se presenta como su nuevo kinesiólogo. Baldo.

En cuanto se acerca a Irma para comenzar los ejercicios, ella advierte que no se ha duchado. Olvida su premisa de que cada cuerpo maloliente es un cuerpo mugriento y, en vez de condenarlo, se dice: es como un animalito. Siente aquellas manos trabajando sobre su pobre cuerpo y bendice el poco de risa que hay en los ojos de este joven. Le viene una enorme tentación de tocar alguno de esos crespos rubios. No la llama señora sino Irma, a secas.

Su anillo es muy bonito, le comenta Baldo cuando han terminado la sesión, mientras se desprende del delantal blanco.

Tienes buen ojo, responde ella divertida, es lo único que me dejó mi difunto marido.

En estas tierras nadie pregunta por los difuntos. Para qué. Tampoco lo hace Baldo. Sólo admira el pequeño brillante incrustado en el oro. Irma se siente un poco desleal con el pasado, ¿acaso no le ha dejado su marido este departamento en Igalo? Claro, podría haber sido en Kotor, pero él lo heredó de sus padres, no lo eligió, pobre Dragan, cómo iba a sospechar que la guerra se lo llevaría. Y aquí está ella, plantada en este balneario, añorando la antigua piedra silenciosa de las casas de Kotor.

Cuando Baldo llega al día siguiente, exclama: ¡si se ha perfumado Irma hoy día! Ella piensa que él es perspicaz, ¿es que cualquier hombre habría advertido su fragancia? Mientras él se inclina hacia ella y hace el gesto de olerla, ella sonríe con amplitud. Hace siglos que no sonríe de este modo.

El kinesiólogo ejercita su cadera con concentración y cuidado, contando los minutos para terminar e irse a la playa, ella es su última paciente de la mañana, le cuenta, y se da el lujo de tomarse las tardes libres. No tengo obligaciones, explica, hago lo que quiero.

Bendito tú, le responde Irma con cierto sarcasmo.

Vuelve a admirar su anillo y ella recibe contenta la admiración.

El tercer día le comenta apenas verla lo bonita que se ve con aquella camisa de dormir. Es nueva, dice ella, le pedí a Silvana que me la comprara ayer. Él bromea con la cantidad de botones que la adornan, son pequeños, blancos y redondos, refulgen como perlas. Le acaricia levemente el pelo, luego pone su mano en la nuca y se la masajea. ¿Es que un hombre cualquiera advertiría que su camisa de dormir es nueva?

El cuarto día encuentra el dormitorio con un gran vaso de flores amarillas. Él admira las flores.

El quinto, con música de Chopin de fondo. Él admira la música.

El sexto, su último día —el hospital vuelve a cambiar el personal—, él le dice que como despedida le hará el mejor de los masajes. La obliga a sentarse derecha en la cama y se concentra en el cuello y en los hombros. Sus dedos rebuscan entre músculos tensos y olvidados y los vuelve a la vida. Como un ilusionista o un hechicero, un mago con olor a aceite de balneario. Cuando termina, ella lentamente desabotona su camisa de dormir, perla por perla, si él todo lo advierte, la presentirá. Como despedida. Ignora aquel pequeño destello en los ojos de Baldo pues no quiere escudriñar un desconcierto o una confusión. Cuando él acerca sus manos, dócil, para complacerla, Irma desprende el anillo de su dedo sigilosamente. Lo deja en la mesa de noche. Cierra los ojos.

Otoño

Querida mamá,

Antes que nada, relájate, he guardado la mordacidad en un cajón de la cocina y en este instante soy tan dulce como un caramelo. Estoy aquí, instalada en tu casa; supuse que en tu ausencia le vendría bien un poco de vida. Tú no dejas nada al azar, por cierto, y tu fiel Gaspar cuida y asea, pero igual he ventilado, corrido cortinas, abierto ventanas y permitido así que el sol esconda o disimule algunas huellas en los muros cada mañana.

Ambas sabemos lo difícil que ha resultado mi existencia en los últimos tiempos, por lo que te ahorro cualquier explicación y de paso me las ahorro a mí misma. No es que me empeñe en buscar culpables, pero sin duda tendría aún marido y trabajo de no ser por los famosos «in vitro» y toda la energía que me demandaron (en eso estamos de acuerdo, ¡supongo!). La sola idea de regresar a las clínicas y a los ginecólogos me horroriza, no sabes cuánto me alivia dejar atrás todo aquello. Creo que nunca más volveré a abrir las piernas, ¡sea para los efectos que sea! Lo que me sorprende es que, sabiendo a ciencia cierta que la mayoría de los defectos de los hijos son cien por ciento heredados de sus madres, tú hayas resultado tan prolífera y que reproducirte no te haya significado mayor problema. Raro, ¿verdad? (hablo de rareza por no hablar de justicia).

No sé si estás enterada de que entregué el departamento que arrendaba. Bueno, no, no tienes por qué saberlo, esto acaba de ocurrir. Cuando me despidieron del trabajo, el muy lindo de Jorge prometió seguir pagándolo él, lo cual era justo ya que no contaba más con mi sueldo y el embarazo también lo deseaba él, no era yo la única obsesionada (no olvides que el virtual hijo habría sido también suyo). Pero parece que se ha enamorado de otra o algo por el estilo y me avisó que el acuerdo terminaba. ¿Dirás que debo llevarlo a juicio? Quizás, soy aún su mujer legítima, pero, en fin, no es un tema que me desvele por ahora, lo dejaré para más adelante. Si tu hermosa casa me alberga en estos momentos, para qué preocuparme. Ya sé que te gusta vivir sola, pero no serás tan egoísta como para poner reparos, ¿no es cierto? Lo que quiero decir es: no te habrás convertido en una fanática de la soledad, ¿o me equivoco? Tu hijo mayor —o tu hijo único, como me gusta a mí llamarlo— insinuó que era desfachatado de mi parte llegar aquí e instalarme sin más, dice que eso no se hace, ni siquiera con la casa de una madre.

Me he dedicado a caminar por la ciudad. El otoño comienza —tú estás en primavera, ¿no es así?— y el aire aún tibio se acompasa con mi cuerpo, casi escucho el agradecimiento que profesan mis pobres músculos ante el ejercicio. Ya sé que ésta debiera ser una actividad permanente, pero a decir verdad, me parece un poco banal —por no decir ocioso— vivir en torno a la esclavitud del cuerpo habiendo otras más relevantes. En el fondo, madre mía, me da mucha pereza dedicarme a las cosas a las que se dedican las mujeres.

En realidad, camino por la ciudad porque me he aficionado a los parques. Son hermosísimos y creo que hoy los veo por primera vez. También hay plazas muy bonitas donde van las jóvenes madres con sus pequeños durante esas horas flojas en que no saben qué hacer consigo mismas ni con ellos. Sé que tú jamás pisaste una plaza y era la niñera quien nos llevaba a nosotros, pero no da la impresión de que las madres de hoy sufran por hacerlo. Más bien, yo diría, se ven contentas. Aún hay niñeras, como en tu época, pero son las menos. La esclavitud está extinguiéndose.

Te evitaré el lugar común de contarte sobre las hojas en las veredas, pero el otoño está dotado de colores majestuosos.

Me enteré por la oficina de adopciones que mi caso es bastante poco alentador. Desesperanzador, para ser más exacta. Una madre soltera —no importa que mis papeles establezcan un matrimonio si en la práctica éste no existe— no tiene la más mínima oportunidad según las leyes de este país. O por ponerlo de otro modo, nadie te lo dice, pero, antes que tú, estarán en la lista todas, óyeme bien, todas las otras mujeres que postulan a adoptar un hijo. Quizás debiera decir *familias* más que *mujeres*. Bueno, quién sabe mejor que tú la diferencia entre esos conceptos, para qué voy a explicártelos.

Entonces, en mis paseos otoñales, pienso en la injusticia. No es que piense maníacamente, pero pienso. (Un par de veces, por culpa de mi concentración, he estado a punto de ser atropellada. «¡Loca!», me gritó un conductor hace unos días, «¡usted está loca!».)

¡Ah! Tu auto. Estoy usando tu auto, magnífico este Audi, no sufras, te lo estoy cuidando. Ayer lo estacioné frente al parque aquel al lado del río, olvidé el nombre, allí donde vivía tu amiga actriz, ¿recuerdas?, es un lugar precioso, hay una pequeña ciudadela; la llamo así por nombrarla de alguna forma, es un claro entre los árboles donde han instalado columpios, casitas de muñecas, balancines. Me distraje mucho rato mirando a la gente, me encanta mirar a la gente e inventarles historias (¿recuerdas cómo me acusabas de fabuladora cuando lo hacía de pequeña?). Me sorprendió una niñera —sí, ya te dije que aún existen— que estaba a cargo de dos niños. Uno era un muchachito como de tres años y la otra muy chiquita, apenas unos meses, dormía en un coche. Cuando pasé por su lado miré a la niña largamente y era una preciosura, tenía un lunar arriba del labio que me hizo pensar en la Cindy Crawford e imaginé que al crecer sería tan linda como ella. El niño era un revoltoso y se notaba que la pobre niñera no se la podía con él y que debía perseguirlo cada vez que escapaba lejos de ella e insistía en subirse a los columpios de los niños más grandes, aquellos que no tienen barandas de protección. Pues bien, previsiblemente, el niño se cayó de uno de esos columpios, que estaba un poco lejos del banco donde se habían instalado, y la cansada niñera tuvo que salir disparada a levantarlo del suelo y limpiarlo y consolarlo, dejando a la pobrecita del lunar a lo Cindy Crawford sola su alma abandonada al lado del banco.

La verdad sea dicha, mamá, es una irresponsabilidad mandar a los niños a la plaza con niñeras. Sólo una madre los protege como Dios manda. Creo que tú fuiste francamente atrevida con nosotros, quién sabe a cuántos riesgos nos sometiste.

Pero ya escribí al comenzar esta carta que hoy no estaba para malas ondas. Y lo digo de verdad. Quiero afirmar ante ti que por primera vez en mucho,

mucho tiempo, me declaro una mujer feliz. Las tribulaciones han quedado en el pasado. Debieras ver mis ojos y el orgullo que de ellos se desprende. ¿Orgullo de qué, te preguntarás? Bueno, ya lo verás tú misma cuando llegues. No sé si me expandí mucho, pero el objetivo de esta carta era contarte que te tengo una sorpresa. Ojalá tu curiosidad sea la suficiente como para adelantar tu regreso.

Se despide de ti tu hija que te quiere.

P. D. Siempre te gustó la Cindy Crawford, ¿verdad?

El hombre del valle

Hoy es un día muy importante.

Por fin se desató la tormenta.

He entrado en acción.

Cuando salí de mi casa después del amanecer, entumecida, la miré por última vez. Casa de mierda. Techos de zinc, como trapos, arrugados uno sobre otro y otro, nunca pareja la superficie, aplastada por esas piedras tan pesadas, grandes y feas que usamos para evitar que partan volando, siempre los hoyos traidores por donde se filtra el agua; si fuera un pájaro y mirara desde el cielo, vería los parches de material como una de esas frazadas que tejía mi mamá con cuadrados de lana de distintos tamaños y colores para aprovechar cada hebra. No es que calentaran mucho todos esos añadidos pero, en fin, ahí estaban sobre nuestras camas y algo es algo, así me enseñaron, algo siempre es algo. Por eso los pedazos de zinc son mejor que nada pero son una mierda. Mi casa. Vivo en la población Aconcagua Sur, en Quillota, justo a la izquierda del puente Boco, la peor zona de la ciudad, o casi. Las casas de mis vecinos son tan horribles y frágiles y malas como la mía: siempre algún vidrio quebrado, con tablas en las ventanas para sujetar al viento y parar el frío, las maderas rechinando, las puertas que no cierran. Todo es color barro. Bueno, de eso hay por todos lados, basta que termine el verano para que la población se convierta en un barrial y una se moje y quede cochina cada vez que sale a trabajar o a comprar a la esquina y las suelas de los zapatos y las bastillas de los pantalones permanezcan sucias durante toda la estación. No sé qué pasó con el verde, la cosa es que no hay nada de ese dichoso color. Aquí nunca se plantó un árbol. Una sale a la puerta y mira los cerros, el de La Campana es el más majestuoso, ahí sí que está el verde, y pienso, puta la huevá, vivo en el centro del valle de Aconcagua, tierra fértil y valiosa, dicen, la fruta sale en cualquier rama, la verdura en cualquier rincón, hasta algún conquistador quiso poner aquí la capital, así de bueno es este lugar en el mundo, con su estupendo río cruzando todo, como un zorro desbocado que corre y corre dejando su huella por donde va sin saber el camino. Pero la verdad es que el río ya no es ni río, con la sequía se ha convertido en un chiste de mal gusto, en una serpiente flaca y deslavada que atraviesa las tierras, muerta de hambre. Y mi casa de mierda está a metros del río. Cómo no preguntarse, entonces, por qué no me tocó a mí un poco más. Un poco más de todo, de verde, de fruta, de agua. De plata.

Yo no fui siempre así de pobre. Mi vida pintaba para más. Hasta buena educación tuve. A la hora de mi nacimiento mi madre trabajaba para una señora de alto rango que tenía muchas tierras, en otro valle de la región, pero sufría de mala salud y mi mamá la cuidaba. Unos ocho años llevaba a su lado cuando un día mi mamá empezó a vomitar. La Señora la mandó al médico, que si una infección intestinal, que si un virus... Nada: era yo. Todos se quedaron paralizados, pero cómo, si la Maruja es tan buena mujer, cómo se va a haber pegado este numerito. Mi madre, avergonzada, ofreció no tenerme. Sobreviví puro porque la Señora era muy católica y no aprobaba el aborto. ¿Y qué vamos a hacer con tu guagua, Maruja? Ésa fue la pregunta que más se oía por los corredores del campo a medida que la guata crecía. En general a ninguna de las mujeres de la casa le gustaban mucho los hijos de la Señora: eran muy arrogantes, a decir de la cocinera, muy santiaguinos, se pavoneaban con los autos, las lucas, los fundos, la herencia y dejaban toda la parte dura y aburrida de la vida de su progenitora en nuestras manos. Una de las hijas se salvaba, era más cariñosa y suavecita, y fue ella la que llamó a su madre al orden, la mía la escuchó: hay que criar a esa guagua en esta casa, mamá, es lo mínimo, la Maruja se lo merece, tienes espacio y tienes medios, y, en una de éstas, te prendas de ella. La Señora miró al techo con una mueca acostumbrada en ella, mezcla de soberbia y de escepticismo, pero le hizo caso. Para qué voy a alargar la historia, el hecho es que nací en esa preciosa casona de campo y fui bienvenida. Después de todo, eran puras mujeres solas las que vivían ahí, la Señora y sus empleadas y cuidadoras, por lo que la llegada de esta criatura —yo— resultó, quién lo hubiera dicho, una buenaventura. Fui mimada y cuidada hasta el extremo. La única voz cantarina, fresca e inocente en ese pedazo de tierra. Efectivamente se prendó de mí, ya con el desayuno había que llevarle a la guagua a la cama para darle un apretón, eso permitió que el resto se sintiera libre de quererme y regaloneearme. Las hijas de la Señora me vestían con prendas caras y finas, todo lo que les sobraba a las hijas propias, la cocinera me alimentaba con las mejores viandas, jugaba en el más hermoso de los jardines y nunca, nunca pasé frío. A la hora de hablar de educación, se buscó el mejor colegio de la zona, no uno público sino subvencionado, que quedaba en una pequeña ciudad al comienzo del valle. Y me mandaban a dejar con el chofer cada mañana. A veces viajaba en el tractor y mis compañeras y profesoras miraban encandiladas, medio vehículo para una cabra tan chica. La Señora en persona revisaba mis tareas y me invitaba a la salita donde ella tejía, una pieza muy bonita, acogedora, con sillones que se hundían y chimenea encendida todo el invierno, para que, tirada en la alfombra, desplegara los cuadernos cada tarde. Interrúmpeme cuando quieras, Pascuala, me decía. Y yo estudiaba con ella. Cuando necesitaba libros, llamaban a las hijas a Santiago para que me los trajeran. Mis cumpleaños terminaron por ser más importantes que los de sus nietos: la gracia es que yo vivía con ella y los nietos no, estaban todos en la capital. Como nací con los dientes bien desordenados, ella se apresuró en mandarme al dentista y financió mi ortodoncia. Ahí andaba yo, la muy perla, con los alambres en la boca, pavoneándome entre las compañeras del colegio, a mí me arreglan los dientes, cabras, ¿qué se creen? Para mi madre fue fácil criarme, siempre había alguien para hacerse cargo y me pasaba la mitad de la vida en esa cocina grande repleta de bulla y de buenos olores. El potrero al lado de la casa estaba plantado con naranjas que yo comía sin restricciones, acumulando en mi cuerpo todas las vitaminas que más tarde le harían falta. Eran unas naranjas preciosas, perfectas, redondas, grandes, dulces. Durante las vacaciones de la escuela, para no aburrirme, iba con los trabajadores a cortarlas de los árboles, de ahí partían derechito para Estados Unidos. Llegué a hacerlo tan bien que más tarde me llevaron a los huertos de paltas, ésas eran más delicadas y requería más destreza desprenderlas una por una del árbol. Así comencé —sin yo saberlo, por supuesto— lo que más tarde sería mi profesión.

Cuando alguien preguntaba por mi padre, sólo se respondía: un hombre del valle.

Además de enseñarme a leer y a escribir, la Señora se preocupaba de que yo hablara bien, de que tuviera un vocabulario amplio y de que no pronunciara las palabras como lo hacía la gente del pueblo. También de que cultivara el buen gusto. Me mostraba unas revistas, cuyo papel parecía de seda, donde aparecían hermosos muebles, vestidos, jardines. Si en la mañana mi mamá me había vestido con colores que no combinaban, ella se preocupaba de cambiarlos. No, Maruja, el rojo y el naranja se ven pésimo, cámbiale el chaleco a la niña. Siempre me estaba sacando prendas del cuerpo, los pobres abrigan tanto a sus niños, decía entre dientes. Una muñeca yo. Quién lo hubiera dicho. Cuando no había visitas me sentaba en la mesa a su lado y durante el almuerzo me iba enseñando a usar los cubiertos, que la cuchara así, el tenedor asá, nunca el cuchillo si no es carne, nunca el vino en vaso sino en copa (aunque yo no tomara), nunca sorber la sopa, nunca hacer ruidos, etcétera. El sueño de la Señora era que de grande yo fuera a la universidad y no repitiera la historia de mi madre. Ningún hombre del valle va a venir a embarazarte, para eso tienes cabeza, me decía, y no vas a limpiar la mugre ajena.

Todo parecía estar tan bien planificado, mi futuro, quiero decir. No contábamos con un detalle: ¿qué pasaría conmigo si se moría la Señora antes de que yo creciera? Fue lo que ocurrió.

Una mañana amaneció muerta. Un ataque al corazón. No habíamos ni terminado de llorarla cuando llegó el mayor de sus hijos, uno que puro hablaba de economía y que sacaba pecho a la primera, y les dijo a todas: esto se acabó. Chao. Las indemnizó y las mandó para su casa. El problema es que mi mamá y yo no teníamos casa.

Yo había cumplido doce años.

Nadie quería los servicios de mi madre, no por ella sino por cargar con esta hija que parecía no caber en ningún lugar. A todos les sobraba. Entonces mi mamá se dedicó a ser temporera. Para los que no saben, éstas son mujeres que trabajan recogiendo fruta, pero sólo en la estación en que se requiere, lo que significa estar cesante varios meses del año. Fea vida la de esas mujeres, se rompen la espalda al sol y ni qué decir las manos, para terminar sin pega en el invierno. Las paltas nos salvaban, ya que según la variedad, se recogen en distintos momentos del año. Me explico: la palta Hass suele madurar alrededor de octubre y noviembre; la Edranol, en agosto y septiembre; la Chilena, en mayo o junio. Eso nos permitía darnos vueltas. Arrendábamos una pieza en Quilpué y desde ahí nos movíamos. Pasé a estudiar en una escuela pública y hasta yo, con mi corta edad, notaba la diferencia. Me sorprendía el nivel de mis compañeros: mi vocabulario era tan superior al de ellos, también mi higiene y mis hábitos de estudio. Ni qué decirlo, poco a poco mi educación empezó a decaer. Nadie me ayudaba con las tareas. Ya no me alimentaba con litros de leche y dos yogures al día ni con carne a la hora de almuerzo, nadie me obligaba a tragar ensaladas y fruta para «gozar de una alimentación equilibrada», como le gustaba decir a la Señora. No había alfombra para desparramar los cuadernos, no había calefacción para que el frío no me arrancara la concentración. A veces mi mamá necesitaba salir a sacar fruta cuando yo estaba aún en clases y como no tenía con quién dejarme, ahí partía con ella. A poco andar olvidé las lecciones de pronunciación y hablaba igual a los cabros de mi escuela. Lentamente, casi sin darnos cuenta, los sueños de la Señora se resquebrajaban, alejándose sin ruido, como los volantines que se sueltan en el aire. ¿Universitaria yo? Tuve que abandonar a los quince. No me quedó alternativa.

Es que, como la Señora, mi mamá murió sin aviso. Así, de un día para otro, reclinada contra un palto a la hora de la colación, dejó de respirar y partió a rincones desconocidos, sujeta a árboles que nunca veré y víctima de tormentas que todavía no me mojan. Otra vez abandonada yo, por la mierda. Me separé de ella con dolor y terror. Corrimos siempre por los mismos campos, compartimos la misma cabeza y los mismos brazos. ¿Por qué se morían los que me querían, si eran tan pocos? Qué mierda podía hacer yo con mis quince años y mi soledad y mi falta de familia y mi falta de plata, porque ni menciono, no, para qué, la falta de amor. Me expulsaron de la pieza de Quilpué porque no tenía cómo pagarla. Con mis pocas pilchas en la puerta arrumbadas dentro de una maleta de cartón, maleta que también compartía con mi madre junto a los campos, la cabeza y los brazos, recuerdo haberme puesto a pensar, a pensar en serio, tal como lo hice estos últimos días antes de entrar en acción. En una fuente de soda del pueblo tomé una guía de teléfono y busqué el nombre de una de las hijas de la Señora, la que a la hora de mi nacimiento fue amable e intercedió para que yo me criara blandita, como una mariposa recostada en una rama de aromo. Aparecía el marido en la guía, recordaba su nombre, todo lo de la infancia vuelve, hasta el nombre de un señor a quien veía una vez cada seis meses. Un miércoles a las cinco de la tarde la llamé. Raro ha de haberle parecido a ella, ¿de dónde salió esta chiquilla?, ¿dónde ha estado todo este tiempo?, ¿para qué me quiere? Mi situación no exigía más que un par de frases. Se murió mi mamá. No tengo dónde ir.

Me pidió que la llamara dentro de un par de días para tenerme alguna solución, parecía que alguna idea cruzaba su mente pero supuse que tendría que hablar con otra gente antes de decirme nada. Esos dos días dormí en la calle, sentada en un banco de la plaza, apretada contra mi maleta de cartón, menos mal que era verano.

Una amiga de ella se había trasladado a vivir a Quillota, en una parcela muy bonita, me dijo, y necesitaba alguien que la acompañara en las noches porque le daba miedo dormir sola. Es psicológico, explicó, hasta un niño chico habría servido, no es que necesite guardia nocturno, es que no le gusta la sensación de que la casa esté sola. Más bien una acompañante que una cuidadora. Y puedes seguir tus estudios en la escuela, te necesita sólo de noche.

Fue entonces que apareció la Señora Dos, mi salvación, mi techo y guarida por un tiempo largo hasta que vine a vivir al lado del puente a mi casa de mierda, todo por culpa del Rata, pero como eso es posterior, calladita yo por el momento, prefiero no adelantarme a los hechos. Llegué a Quillota una tarde seca y soleada de un viernes veraniego, el colectivo cruzó el puente de Boco y se adentró hacia zonas más rurales, frondosas, todas plantadas de paltos, esos árboles que tan bien conocía, resultaba como estar en casa. (¿Cuál casa?, se preguntarán ustedes con justicia, ¿la pieza en Quilpué, la mansión campesina de la Señora Uno? Será que los paltos me resultaban familiares desde la infancia y todo lo que una conoció entonces se transforma en hogar.)

La Señora Dos era un personaje bastante raro y, visto desde ahora, divertido. Vivía sola, no tenía marido ni hijos (no parecía interesada en el tema), pintaba, pintaba toda la noche, nunca supe qué hacía con sus cuadros pero dale con pintar. Tenía un estudio grande en medio del parque (porque la casa le llevaba parque, ordenadito, con *diseño,* como diría la Señora Uno, no unas plantas cualquiera tiradas a la tierra por azar). El estudio, rodeado de hortensias azules, tenía enormes ventanales pero como ella trabajaba de noche no aprovechaba la luz. No le importaba, según me explicó, y me imaginé que era cierto al ver unos enormes lienzos con grandes cuadrados o rectángulos pintados sólo de un color o dos. Cualquiera pintaba eso, hasta yo habría podido, pero qué me meto a hablar de pintura si no sé nada. Me recibió bien la Señora Dos, con un poco de distracción, como si de verdad no me viera sino me intuyera no más. No le importaba mucho quién era yo, confiaba en las recomendaciones de su amiga, sólo exigía que estuviera viva y cerca. Era alta, de cejas gruesas y huesos anchos, castaña. Nunca la vi sin bluyíns, era con lo único que se vestía, echándose por arriba largos chalecos o camisas. Se agarraba el pelo en un moño desordenado y siempre le caía alguna mecha en los ojos. Tendría quizás cuarenta años pero, desde los quince míos, era una vieja. Durante el día trabajaban otras personas en el predio, el jardinero y otros dos hombres que se hacían cargo de los paltos y que siempre andaban orillando y desmalezando. Y tres veces a la semana iba una señora de Quillota, la Eufemia, a hacer aseo y cocinar. Había cuatro perros, ¡cuatro!, todos blancos y enormes, parecían terneros.

¿Eres miedosa, Pascuala?

No, señora, no de esos miedos que habla usted.

Eres menor de edad.

Ésas fueron las primeras frases que me dirigió.

Más tarde me dijo: no debes trabajar, está penado por la ley. Sigue tus estudios y vuelve en la tarde a prender las luces del parque. No necesito que hagas nada para mí, ¿entendido? Y como no estás en edad de salir de noche, no me preocuparé todavía de ese tema. Si sales en el día, ni me importa ni me entero, así que adelante, ésta no es una cárcel, es sólo un dormitorio.

Y era un buen dormitorio, qué suerte la mía, más amplio que cualquiera donde antes dormí. Había una ventana en cada pared al lado de la cama, la luz se mostraba más que generosa, y el piso era de madera lisa y suave, se podía andar a pata pelá. Acostada podía ver un limón, grande ya, añoso, los días de lluvia temblaba ligeramente y los ojos se me salpicaban de amarillo. La pieza estaba situada en la parte de atrás de la casa, luego de cruzar la lavandería y la despensa. Un baño propio, todo para mí. Y una buena estufa a gas en la esquina, para el invierno. ¿Qué más me quería yo? Bailé abrazada a la cortina un rato y le di las gracias a mi vieja que desde el cielo me cuidaba. Al lado de la cama había un citófono que comunicaba directamente con el dormitorio de la dueña de la casa. Ahora bien, si sonara, al menos cinco minutos tardaría en llegar donde ella porque la casa era inmensa. Cuando miré por primera vez la cocina, me eché a reír, no tuve otra forma de reaccionar al calcular que al menos siete piezas de Quilpué habrían podido caber allí. Todo era exagerado en esa casa. La pieza donde dormía la Señora Dos ocupaba el segundo piso entero, ¿qué se hace con una pieza así?, ¿para qué, si en buenas cuentas la cama es la cama? En fin, que los ricos son tan raros, nunca los he entendido a pesar de haberlos visto bien de cerca.

La Señora Dos me pagaba por mis servicios. Me pagaba por darme dormitorio y comida, habrase visto algo igual. Me pagaba por tener un limón en la ventana.

Los horarios en la escuela eran relajados, a la hora de almuerzo yo ya quedaba libre. Volvía a la casa del parque porque no tenía más dónde ir. De a poco empecé a hacer amigos, la Eufemia como que me adoptó y me convidaba a tomar las onces o a la feria el domingo y tenía una hija un poco menor que yo y ella pasó a ser mi primera amiga en la zona. También los trabajadores del predio se apiadaron de esta huérfana y me presentaron a sus familias, pero eso fue más tarde. Al principio, como me aburría con tanta hora libre, empecé a ayudar con la cosecha de la palta. Terreno conocido. Una a una tomaba en mis manos aquella fruta prodigiosa, tan verde, tan cremosa, con suavidad y con cariño la desprendía del árbol como se desprende la venda de una herida delicada. A poco andar el jardinero me contó que en otros predios necesitaban mano de obra, que si yo tenía tiempo. Partí. Se imaginarán en qué terminó todo eso: dejé la escuela, me pareció tonto seguir estudiando. Total, me dije, de qué me sirve saber un poco más o un poco menos, tonta yo, me escucharan la Señora Uno o mi mamá, cómo se enojarían las dos, ojalá haya sordera en el cielo. Me dejé llevar por la avaricia, la idea de juntar unos pesitos era tan, tan rebuena, yo que no tenía nada más que un dormitorio prestado. Ni se lo informé a mi benefactora. Sabía perfectamente lo que me diría.

A los diecisiete yo andaba de predio en predio, juntaba mis lucas y me sentía libre y contenta.

Hasta que conocí al Rata.

Era el nochero de una de las parcelas donde yo recogía paltas y limones. ¿Cómo llegué a verlo, se preguntarán ustedes, si yo trabajaba de día y él de noche? Pues en la casa de la Eufemia. Un domingo tomando onces. Entre marraqueta y marraqueta, vi entrar por la puerta a este macho, porque eso era, un macho de pelo en pecho, ancho, musculoso, con aire del que se las sabe todas. Me lo presentaron como el Rata. Venía del norte, su padre y él habían sido trabajadores del caliche y le pusieron ese sobrenombre por los ojillos astutos y los dientes pequeñitos que se lo comían todo. Era moreno, tenía las mechas tiesas y unas manos grandotas que cubrían como un abrigo.

No se imaginarán que a los diecisiete años yo era una monjita, no, nadie lo es a esa edad. Salía a carretear a la disco con los amigos que me había hecho en Quillota y cada vez que me tomaba una piscola de más caía en la cantinela de ser una pobre cabra abandonada, sin nadie en la tierra que se afanara por mí. Cabra de mierda. A quién le importa si te han abandonado o no, menos quién se te ha muerto, ni que fuera la única. Como me ven, fea no soy. Ninguna reina de belleza, de acuerdo, pero si me arreglo un poquito, tiro pinta. Y Rodolfo Sanhueza, el Rata para las referencias futuras, cayó lueguito presa de mis encantos. A fin de cuentas, mi aire afuerino intrigaba. Y mis modos. Después de todo había sido criada por la Señora y algo se notaba. Era más fina que las otras, hablaba mejor y tenía a veces historias divertidas que contar. Nada les gustaba tanto como mi imitación de los ricos, lo hacía a la perfección y se morían de la risa. En fin, que empezamos a vernos. Al principio, los puros fines de semana, más tarde a la hora de almuerzo, hora en que el Rata despertaba de su turno de noche. Él vivía al lado del río, me contó, en una casa de madera que le cuidaba a su tía que estaba en el norte.

El Rata era bien como las huevas, si lo pienso. Tenía malos hábitos. Dormía todo el día —bueno, por culpa de su pega—, tomaba mucho, fumaba más de una cajetilla al día, comía puras leseras, nunca una comida decente porque le daba lata cocinar, no era muy limpio y tenía un genio de los mil demonios. Cuando explotaba, más valía no estar cerca. Y más encima el lindo era mandón. Que tráeme esto, que anda pa'allá, que ven pa'acá, que sírveme una piscola, que calienta la comida. Al principio no mostraba esa faceta suya, fui percatándome más tarde. No sé por qué me conquistó. Sería por sus manos. O porque se apegó tanto a mí. Y yo, al apego, ¿cómo negarme? Una vez hasta me tomó en brazos, como a una novia. Era bueno para la cama, se lo reconozco.

Y fue precisamente ése el problema que tuve con la Señora Dos. Mi acuerdo con ella consistía en volver a dormir cada noche y ojalá no muy tarde. Eres menor de edad, me decía, cuando cumplas dieciocho veremos. La única noche libre del Rata era la del sábado. Nos íbamos de carrete con los amigos, todo bien. Pero a la hora de acompañarme a la casa, empezaba, que cómo te vai a ir, cómo me vai a dejar solo la única noche que tengo pa'verte, que cómo no nos vamos a echar un polvito. Y yo, muerta de ganas de quedarme con él, de irme a su cama, ay, la tentación, Dios mío, la tentación, siempre al aguaite. Al principio, me quedaba un rato y antes del amanecer cruzaba el puente y partía al predio casi corriendo, tampoco estaba tan cerca, era peligroso, pero la carne lo puede todo y así lo hacía. Confiada en que la Señora Dos, entre pincelada y pincelada, no se diera cuenta ni me sintiera llegar porque yo usaba una puerta trasera que no se veía desde su estudio.

Hasta que me pilló.

Éste no era el pacto, ¿tengo que deletrearlo?

Su expresión era severa y yo me anduve asustando, ¿qué tal si me quedaba sin casa y sin esos pesos y ese santuario? Prometí enmendar. Pero al Rata no le importaba mucho lo que pasara con mi pega. Total, tenís mi casa, la casa de mi tía, me decía. Pero yo no quería vivir ahí. Aparte de lo endeble y fea que era la casa misma, la idea de servir a un hombre a tan temprana edad no me venía. Sospechaba que en el futuro no tendría más remedio que hacerlo pero ¿para qué empezar tan temprano? Además, no es que yo sea muy fijada, sin embargo, al comparar a veces mi dormitorio en la casa del parque con la cagá de pieza de él al lado del río, pocas ganas me daban de cambiar uno por la otra.

Ya había cumplido la mayoría de edad cuando me pasó lo que les pasa a todas: quedé embarazada. De un hombre del valle, como mi madre, sólo que del valle de Aconcagua. Quizás también como mi abuela, no sé, no la conocí. ¡No hay quien se libre, Señor mío! El Rata no puso muy buena cara, ¿no encontrai que es muy luego?, me preguntó. Claro que es muy luego, tengo dieciocho años, pero... ¡qué querís que haga!

Empezó a crecerme la guata y debía informarle a la Señora de mi situación pero no me atrevía, cada vez que decidía hablarle, se me aconchaban los meados. Mis tres años en su casa habían sido tan rebuenos, ¡por la pucha! El sexo es una mierda, a fin de cuentas. Tanto darle que darle, ¿para qué?, ¿para un ratito de éxtasis y luego chao? Estoy convencida que le ponen color al cuento del sexo, hablan de él como lo máximo de lo máximo, ¿saben qué?, es mentira.

Lo que más me ofendió fue la expresión de desdén en la cara de la Señora Dos cuando se enteró. Como que trató de disimularlo pero se le salía, como a los perros las pulgas, sin control sobre su piel. No me lo dijo pero yo sé todo lo que pensaba: otra más, y yo que te creía inteligente, te vas a embarrar la vida, vas a cortarte las alas, te vas a quedar encerrada para siempre. Bueno, qué le iba a hacer yo. Me dijo que con guagua, no, y me preguntó si tenía dónde ir.

Así terminé viviendo en esta casa de mierda. Al lado del puente de Boco. En la más apestosa de las poblaciones de Quillota. Y con un hombre que, a medida que pasaban los meses, se iba poniendo cada vez más difícil. Me tenía presa, sabía que no me podía ir, entonces, ¿para qué tratarme bien? A veces me sofocaba, como que me faltaba el aire. Seguí trabajando hasta el momento de parir, nadie me iba a pagar un prenatal. Cuando nació el Josecito, no salí más. Las cuatro paredes, el cabro chico, los pañales, la cocina, los platos y la ropa sucia, las ollas, los escobillones, las mamaderas. Y arreglar esta casa que era un desastre. Me acordaba de las revistas elegantes que me mostraba la Señora Uno con sus páginas de seda y las decoraciones tan bonitas y se me salían las lágrimas. Qué esfuerzos no hice para vivir en mejores condiciones. Pero necesitaba plata para eso. Óiganme bien, sin plata no se llega a ninguna parte. A ninguna. Le pedí al Rata que me comprara una lavadora, aunque fuera chica y usada, le expliqué que ya no tenía manos de tanto lavar. Me miró como si fuera una demente, ¿eso quiere la perla?, dijo, y se largó a reír. El sueldo del Rata no nos alcanzaba. Y él no me lo pasaba, se las arreglaba para que yo tuviera que pedirle. Cuando se negaba, yo me volvía loca, ¿cómo no voy a comprar carne, si el niño debe comer posta?, y me ponía a chillar, como la más hinchapelotas de todas las mujeres. La primera vez que me pegó fue en una de ésas, le pedí plata y cuando me dijo que no, le grité y le grité: que era un coñete de mierda, que la alimentación de su hijo, que yo no era una floja, que la falta de trabajo era por el crío. Una sola cachetada, fuerte y bien dada.

No nos veíamos mucho. Él trabajaba de noche y dormía de día, bien sola yo, hasta que empecé a encontrarle la gracia a esos horarios. Lo que pasó es que comenzó a gustarme la soledad, siempre con el Josecito, él y yo pegados, ahí estábamos los dos, entregados juntos a nuestra suerte, fuera la que fuera. Pero lo pasábamos bien. El Rata despertaba a la hora del almuerzo, nunca antes, había que andar en puntillas, ay si lloraba el crío, no lo fuera a despertar que se enfurecía. Siempre lo mismo: abría un ojo, un solo ojo, tomaba el encendedor de la mesa enclenque al lado de la cama, prendía un cigarrillo, inhalaba profundo y entonces —sólo entonces— se le podía hablar. Sin su pucho primero, nada, nada de nada. Yo le tenía siempre lista el agua caliente y le hacía su tecito. Él lo tomaba mientras fumaba. No le echís el humo al cabro, le pedía yo y él no me contestaba, le daba lo mismo y yo dale con abrir ventanas y ventilar, aunque parecía a veces que cada partícula de aire iba a convertirse en sólido, en tiras de hielo. De la taza de té pasábamos directo al almuerzo. Él veía la tele, echado en la silla, sin moverse a recoger un plato. Ni hablar de picar una cebolla o pelar una papa, no, todo eso ya estaba hecho a la hora en que se integraba al mundo de los vivos. Al nuestro, el del Josecito y el mío.

Empecé a sospechar que era un mal hombre cuando comprobé la indiferencia hacia su hijo. Porfiado, no dejaba fluir las sensaciones que iban apareciendo. De todos los que me escuchan, los que han sido padres saben de lo que hablo. No le pongo nombre a nada pero sé que si uno ha nacido con buena leche, nunca más se es el mismo después del nacimiento de un hijo. Al principio no lo trataba mal al Josecito pero daba la impresión de que no lo veía. No se emocionaba con sus gestos ni con sus cambios ni con su calor. No celebraba sus rollitos en los brazos, ni su primera palabra ni su primer diente. Cuando lo tomaba en brazos no lo apretaba contra su cuerpo, lo tomaba como se toma un florero, algo inerte, hasta la Señora Dos abrazaba con más pasión a sus perros que él a su hijo.

Cuando Josecito cumplió un año, así estaba la cosa:

¡Pascuala! Tráeme el almuerzo.

¿Y por qué no venís tú a la mesa?

Porque me da lata.

Partía yo con la bandeja a la pieza y las sábanas se ensuciaban con la comida y él en buzo adentro de la cama, flojo de mierda, no movía un dedo, y a veces cuando terminaba de comer me pescaba de las piernas, ven, mi negra, me decía y yo me escapaba, ganas iba a tener yo de meterme a la cama con ese cerdo, y él se daba cuenta y me pegaba una cachetada. La verdad es que empezó a darme un poquito de asco, tanta mugre: no se lavaba las manos cuando iba al baño, se bañaba una vez a la semana, el pelo grasoso, y aunque las camisas yo se las tuviera limpias y planchaditas, él no ponía de su parte y todo estaba siempre un poco fétido.

Cuando Josecito cumplió dos años:

Pascuala, anda a comprarme puchos.

Pascuala, tráeme la ropa limpia.

Pascuala, anda a buscarme la Pilsen al almacén.

Pascuala, calla al cabro de mierda.

Yo era su empleada puertas adentro, servicio las veinticuatro horas y ni sueldo me pagaba. Estaba aburrido conmigo, no lo dudo, yo no era ningún encanto, pero putas que le convenía tenerme. Aun así se daba un lujo tras otro.

Esta comida es una mierda, ¿es que ya no sabís cocinar?

Te voy a castigar y te voy a dejar sin plata.

O te abrís de patas o te saco la mierda.

Y yo lo miraba y decía para mis adentros: ¿en qué me metí? Recordaba la mirada de la Señora Dos cuando dejé la casa del parque y llegaba a ponerme colorada de la pura certeza de cuánta razón tenía. Esa vida había terminado hacía una eternidad y media.

La noche de los sábados, su única noche libre —la que antes pasaba conmigo— desaparecía, se iba con los amigos de juerga sin volver hasta la madrugada. Ni me invitaba a acompañarlo, aparte de mi falta de ganas, no teníamos dónde dejar al Josecito. A veces nos íbamos donde la Eufemia los dos, mi guagua y yo, conversábamos entre las mujeres, escuchábamos un poco de música, hacíamos algo de comer y después me volvía a la casa con mi cabro y me metía en la cama a ver tele. Poco a poco empecé a temer sus llegadas, entraba y ya en la puerta comenzaba a llamarme a gritos, ¡Pascuala! (hasta que odié mi propio nombre), despertaba a Josecito que al tiro se ponía a llorar y yo, protegiéndolo con mi cuerpo, me escondía debajo de las frazadas, un escondite bien inútil, pero era el instinto.

Levántate. Tengo hambre.

Son las cuatro de la mañana, déjame dormir.

¡Te estoy diciendo que tengo hambre!

¿Sabís qué? Me da lo mismo que tengai hambre.

Entonces, la cachetada.

Hasta que un día le dije: si me tocai, te voy a acusar. Voy a ir a los pacos y donde la señora en el parque para que te caguen en la pega.

Mala idea fue haberle dicho eso: enrojeció, su cara como esos soles de los atardeceres de las postales, se echó arriba mío, me tiró del cuerpo, me botó al suelo por las piernas y me dio una patada. Luego otra. En pleno vientre. Yo gritaba como una loca perdida, sentía algo muy oscuro que no era dolor y veía cómo el mundo se iba, se iba. Josecito, llorando tanto como yo gritaba. Y su padre borracho.

Tentada estuve de partir donde los pacos y hacer la denuncia pero me frené al pensar, ¿y qué hago después?, ¿dónde me voy?, ¿cómo trabajo con el crío a cuestas?, ¿con qué nos alimentamos los dos? Todas esas preguntas me hacía. La Eufemia no tenía ni un huequito en su casa donde allegar mis pilchas, ya vivían con ella su mamá y su hermano con su mujer, no cabía ni un alfiler. Y no tenía cara para llegar donde la Señora Dos, aparte de que no me recibiría con el cabro chico, después de todo lo que había pasado me daba demasiada vergüenza; seguro ya tendría una reemplazante que dormiría en mi pieza con las dos ventanas y mirando al limón. Entonces, no lo denuncié. Lo que hacía era tomar al Josecito en brazos, mecerlo con dulzura y hablarle de las cosas lindas que él vería algún día, de la vida más allá de la población, de los limones, la luz y la tranquilidad. Le contaba que había lugares sin gritos ni golpes.

Dos sábados atrás, el Rata llegó peor que nunca. Quizás qué le había pasado, alguna pelea callejera o una mujer que se le negó, no sé. Sacó al cabro chico de la cama, la única de la casa, lo dejó en el piso de la cocina que estaba frío y trató de acostarse conmigo. Huevón de mierda. En la casa de mierda. Y con olor a mierda.

Hice el intento de levantarme para recoger a mi hijo del piso y él no me lo permitió. Forcejeamos un poco, yo tenía todas las de perder, a pesar de la cantidad de vitaminas que había acumulado con las naranjas en tiempos mejores. Es tan fácil ganarle a una mujer con el cuerpo. La imagen de Josecito tirado en el piso de la cocina me enturbió los ojos, como los mantos morados que cubren y esconden a los santos en Cuaresma. Por supuesto, él llegó a la cocina antes que yo. Y le pegó una patada al niño.

Si le vuelves a pegar a él o a mí, te voy a matar.

Se largó a reír.

¿Te lo tengo que deletrear?, así le dije, copiando a la señora, y a él más risa le dio. Se echó a la boca la botella de cerveza y no me habló más.

Durante la semana siguiente trató de enmendar un poco su comportamiento. Por lo menos, al abrir el ojo para alcanzar su encendedor al despertar, dijo hola un par de veces. Yo lo observaba, tan duros que parecían sus despertares, tan pesados, tan poco lúcidos, ni hablar de los domingos después del carrete, ni un oso terminando de invernar demostraba más torpeza que él. Me repelía. Miraba sus zapatos —unos bototos café claro, redonda la punta, manchados con suciedades olvidadas, cordones casi raídos botados en el piso como algas que agonizan— y los imaginaba en mi vientre y en el de mi niño y me preguntaba si así habría de ser la vida. Durante esos días él miraba de reojo a Josecito, imagino que para saber qué huellas había dejado su pie. Yo, mutis. No le hablé en toda la semana, ni una sola palabra. Se moría de ganas de averiguar si lo había llevado a la posta y qué había dicho, allá son expertos, saben al tiro cuando han violentado a un niño, nada de disculpas, que se cayó por la escalera, que se pegó contra la puerta, la doctora se las sabe de memoria. Y él estaba asustado.

La semana de paz transcurrió en medio de este silencio mío, maldito y tenaz, hasta que llegó el sábado. Hablo de este sábado que recién pasó, ya he llegado al presente. A la noche, se fue como siempre, después de comerse una buena cazuela, de hacer harto ruido con la sopa, de tomar el pollo con la mano, de no usar la servilleta sino el mantel —mi único mantel—, de tragar como un hambriento que no era. Cochino. Mi mirada parecía impasible pero lo único que contenía era asco, cada día me da más asco este huevón, pensaba, aterrada yo de que se notara. Me desentendí de todo y partí donde la Eufemia.

A eso de las doce volví a la casa y me acosté, con Josecito pegado a mí. A las cuatro de la madrugada desperté, casi por hábito: el Rata no había llegado. A las cinco, lo mismo. Seguí durmiendo, aunque alcancé a preguntarme qué le habría pasado. A las seis sentí un ruido muy fuerte, un portazo feroz, luego el estruendo de algún mueble cayendo al suelo. Me levanté a mirar: el aspecto del Rata era tremendo, nunca en mi puta vida había visto a un hombre más borracho. La ropa toda chorreada de vómito, los ojos inyectados, el pelo pegado a la cabeza como si lo hubiesen mojado. Bastó que me viera para que se desatara la pelea.

Te creís mejor que yo, conchatumadre, porque alcanzaron a educarte un poco... Me mirai en menos... Te voy a mostrar yo a quién mirai en menos...

Si te acercas, te mato.

Qué me vai a matar tú, de adónde... Te mato yo a ti, mejor.

Miré si había un cuchillo a mano, estábamos en la cocina, pero no, no lo había. El martillo, tampoco.

¿Dónde está mi hijo?, casi no le salía la voz de borracho que estaba.

Me arrimé a la puerta que daba al dormitorio, me pegué a la dichosa puerta, de ahí no me movería nadie, ese hombre no debía acercarse a la cama donde mi angelito dormía imaginando mejores mundos, menos cercados y enloquecidos, más amables, recostados sobre prados suaves y profundos. Nada oía yo sino mis propios latidos disparados, unos que me decían: termina con él; otros que contestaban: yo no soy una asesina.

Casi siempre una asesina es la creación de un hombre que la ha maltratado.

El Rata tropezó al intentar arrancarme del marco de la puerta. Puro alcohol, puro. Un charco de copete el padre de mi hijo. Se meó encima. El olor repletó la casa mientras él trataba de levantarse. Yo alcancé a saltar hacia la cama, pescar al vuelo al cabro chico, tomar una frazada y salir corriendo de la casa. Lo hice todo en un minuto, con una fuerza desconocida, ni acróbata que fuera yo. Cerré la puerta detrás de mí, me preocupé de cerrar la puerta.

Eran las seis de la madrugada de un domingo helado, yo en camisa de dormir, mi crío en su pijamita, ambos descalzos, entumidos al lado del río a la izquierda del puente de Boco, pero a salvo. No, no fui ni a la posta ni a carabineros. Se me ocurrió una idea más inteligente.

Toqué la puerta de la Eufemia, le endilgué al crío, le pedí prestado un abrigo y unos zapatos, dejé pasar una hora sentada al lado de la estufa, mirando el reloj, tomando un agüita caliente. Entonces volví sobre mis pasos. Sólo con mi llave en la mano. Entré en puntillas, miré hacia la puerta del dormitorio, el Rata había logrado llegar hasta la cama, vestido y chorreado, pero arriba de la cama estaba, roncando como un volcán en erupción. Saqué del bolsillo un encendedor y una caja de cigarrillos, los llevé a la pieza y los dejé sobre la mesa que tambaleaba. Luego, con la calma más absoluta, fui a la cocina, inspeccioné el balón de gas, lo abrí y no encendí el fuego.

Casa de mierda. Hombre de mierda.

Dulce enemiga mía

Mortal, tan mortal como los ojos del sentimental hidalgo que me observan, heme aquí, sin embargo, eterna. Soy Dulcinea, soy Aldonza, soy la dama del Toboso, soy la labradora, soy la hija de Lorenzo y su esposa Nogales, soy la inspiración del Caballero de la Triste Figura, la locura de su cerebro, la fantasía de sus delirios. Soy ella y no otra, aunque también soy tú y soy vosotras, soy cada mujer que a través de estos muchos años, cuatro veces cien, quiso prolongar su existencia en la leyenda, en la tradición y en la imaginación de los hombres.

Preguntarás con qué razones cuento para arrogarme tantos derechos. Pues claro que me los arrogo, si soy la protagonista de un milagro de la mente humana, de un relámpago genial, de la novela de todas las novelas. El hidalgo y yo y su panzón amigo, los tres, yacemos en las manos del novelista, aquel del que se dice que pisó todos los caminos, descansó en todas las ventas, codeose con toda suerte de andariegos, aquel que concibió el panorama más vasto y complejo traído nunca a los dominios del arte. Los tres fuimos la ruina de los libros de caballería, con nosotros se dio inicio al género novelesco moderno.

¿Qué tal mi presentación? No es poco decir, ¿verdad?, no es poco decir sobre una misma, aunque breve es el relato de mis días. Nací en un lugar de la Mancha, y sin tomar arte ni parte, sin hacer el más mínimo esfuerzo, fui encomendada a los dioses y con ello, inmortalizada.

Fui, soy y seré la reina de las reinas.

Mi lengua me venera, y si es cierto que un día un Dios creó a la mujer de la costilla del hombre, también lo es que mi nacimiento pende de las palabras de otro, un español manco y a veces desgraciado que cambió nuestro idioma para siempre y que nos dejó instalados, allá del océano y acá de él, en el pináculo de la escritura. Mi inventor, mi padre o mi padrastro, como quieran ustedes llamarlo, pues una se pregunta legítimamente quién es nuestro padre y cuántos padres tiene y si puede elegirlo, pues mi padrastro, entonces, fue el más grande representante de la mentalidad hispana, por lo tanto, el padre de todos nosotros. Llevados a ese punto, tú y yo y él y ella, todos, venimos del mismo lugar, selva o meseta, sol o nieve, mar o cordillera, España o América. Si al fin la verdadera patria es la lengua, somos hermanos y yo los incluyo a cada uno de ustedes en mi grandeza, lo que es mucho abarcar y no poco ofrecer.

Pero la sola mano del manco no bastaba, se requería del corazón de un hombre para traspasar la mortalidad, y lo tuve, cómo no, lo tuve a raudales. ¿Qué hice para ello? Nada. Es parte de la inventiva de esta historia, de su diversión. Después de todo, cuánto se han afanado mis congéneres, castellanas, vascas, catalanas, gallegas, latinas, colombianas, mexicanas o chilenas, ¡cuánto ardor han puesto en conquistar un corazón que las salvara! Esfuerzos con magros resultados. ¿Lograron atravesar la barrera aquella, la más cruel, la del tiempo? ¿Puede alguna competir conmigo? ¿La Amaranta de Macondo? ¿La regenta de Asturias? ¿La Bárbara venezolana? Quizás la Porcia de Venecia o la Ofelia de Dinamarca (que tan tristemente murió en los ríos de su país), pero ellas anduvieron por otros caminos y por otros idiomas ajenos a nosotros y a lo que nos incumbe. Eso dejémoslo para los letrados, entre los cuales ni lejanamente me encuentro. Mi presentimiento, no muy instruido, me dice que soy única, que ninguna puede detenerse a mi lado y empinarse más alto, calce el zapato que calce. Por lo tanto, si mi grandeza está fuera de discusión, volvamos atrás y veamos quién soy.

No importa haber nacido pobre y desgraciada cuando aparece uno que te transforma en la más rica, uno cuyos ojos te visten de terciopelo y brocado y te aporcelanan la piel y te convierten el cabello en rubia seda, uno que te bautiza como el triunfo de la virtud y la hermosura sobre cualquier adversidad. Mis pobres oficios —dar de comer a los animales, limpiar la caballeriza, sacar las cenizas del fuego, tender los pesados calzones al sol— no merecieron deleite alguno, ni mío propio ni ajeno. Sin embargo, apareció un hombre. Y ese hombre todo lo cambió. El cuento femenino de nunca acabar.

Él era un pobre héroe, juguete de su historia lo han llamado, el desgraciado campeón mío, el loco que sólo poseía un delgadísimo rocín, una mohosa armadura y un cuerpo achacoso. El más casto enamorado.

A decir verdad, no era un gran partido. Tenía cincuenta años y era enjuto de rostro y seco de carnes. No poseía título y había ya perdido la escuálida fortuna que alguna vez atesorara. Era un gran madrugador y amigo de la caza. Comía lentejas los viernes, una olla de carne de vaca y carnero (más esto último que lo primero) los sábados y salpicón casi cada noche.

Vivía con dos mujeres que se inmiscuían en cada rincón de su existencia, un ama de cuarenta años y una sobrina de veinte, que hasta llegaron a quemar sus libros por creer que lo maldecían, pero al hacerlo maldijeron a muchos otros que más adelante en la historia siguieron su injustificable ejemplo. (Yo no sé leer ni escribir, pero algo me dice que eso no se hace, que es un crimen, que es cosa de uniformados o de desalmados, no de dos mujeres que dicen vivir para el bien del hombre de la casa.) Sigamos. Mi hombre, este del que hablamos, era acusado de tener poco seso, de ser un inútil y un soñador. De no tener juicio, de ser desatinado —el hombre del desatino lo llamaron, eso no lo he inventado yo—. Un delirante que por hablar de la salida del sol, decía «... apenas habrá el rubicundo Apolo tendido por la faz de la ancha y espaciosa tierra las doradas hebras de sus hermosos cabellos». Los labradores a quienes yo conocía no usaban esas palabras, quizás ni veían el sol por estar bajo él tantas horas trabajando y nunca supieron de Apolo ni de esas gentes. Pero me voy por las ramas... Describía yo a este hombre que me dio a la fama. Decía de él que no era un gran partido, que quizás otras más avezadas en las artes del amor lo habrían menospreciado o lisa y llanamente se habrían burlado. Debo reconocer que era un poco ocioso, que dormía leve y leía mucho, nada serio, sólo disparates, libros de caballerías, tantos de ellos que perdió fortuna para comprarlos y más tarde lo enloquecieron. Leía y releía volviendo a una de sus frases favoritas: «La razón de la sinrazón que a mi razón se hace, de tal manera mi razón enflaquece, que con razón me quejo de vuestra hermosura».

Hasta que la perdió.

La razón. La perdió de veras. Gran idea la de mi señor, envolverse en páginas fantasiosas para confundirlas más tarde con la vida misma. ¿No es eso lo que le ocurre a los verdaderos lectores? Gran envidia les causará a ellos el coraje de mi amo, vivir dentro de la novela elegida y no en la hostilidad de la verdad, ¡oh, mentira de las verdades, verdad de las mentiras, qué complicado resulta!, pregúntenle mejor a Vargas Llosa y no a mí que en estas lides no tengo entendimiento.

Decidió entonces mi señor convertirse en caballero andante. Y para ello, no necesitaba más que un caballo, una armadura y una mujer. Créanme, para ser rigurosos con los modelos de caballería, la doña resultaba urgente y vital y debía ser la de sus sueños, o quizás, para decirlo mejor, la de los sueños de los caballeros andantes. Aquellas damas —a las que dedicaban obra y vida— eran intachables, eran perfectas, eran inmaculadas; si padecieran de realidad, ¿cómo transformarlas en el objeto de su deseo? Así entré yo a tallar en esta historia. Yo era Aldonza Lorenzo, una pobre labradora, cuando este recién inventado caballero andante reparó en tal importante necesidad: una señora de quien enamorarse, una doncella de sus pensamientos, una a la que nombrar princesa. Me convirtió en Dulcinea del Toboso, nombre mítico y peregrino y significativo. No en vano se creía que el caballero andante sin amores era árbol sin hojas y sin fruto y cuerpo sin alma. Y en vez de salar puercos, lo que yo hago tan bien, empecé a recibir a los más chiflados, vizcaínos o galeotes, que llegaban a mi establo a relatarme extravagantes aventuras, grandiosas e incomprensibles, vividas por un señor que me las encomendaba, un señor que me había elegido, a mí, de entre todas las mujeres.

Dicen que yo, Aldonza y no otra, jamás supe de este invento. Mentira. Claro que me di cuenta. Como si alguna mujer no percibiera el momento crucial en que su vida cambia, el instante exacto en que se vuelve mitología, el segundo aquel, tránsito fugaz, en que está a punto de entrar al mundo de los dioses. Lo que comprendí sin tardanza es que, a través de este loco caballero, yo aspiraba a la inmortalidad. ¿Algún humano, de carne y de hueso, rehusaría? Entonces, con sosegado ademán, hice lo que tenía que hacer: azucé su imaginación.

Algunos me acusaron de ser una mujer dura y de cometer contra él desaguisados. ¡Cómo le costó a Sancho, cuando se enteró de que Dulcinea era Aldonza, comprender que era yo la princesa, si él sabía que de princesa yo no tenía nada! «Bien la conozco —le dijo a mi señor—, y sé decir que tira tan bien una barra como el más forzudo de todo el pueblo». Me describió como una moza de chapa, hecha y derecha y de pelo en pecho y se preguntó ciertamente cómo habría yo de recibir los ricos presentes que él me enviaba mientras rastrillaba el lino o trillaba en las eras. Todos opinaron, todos, como si su amor fuese la cosa más pública. Hasta los animales hablaron. Babieca le preguntó un día a Rocinante si es necedad amar y éste le respondió: «No es gran prudencia». Ambos se referían a mí. Pues bien, pensé: si es un delito el quererme, ha de quererme de veras. Y basta.

Lo digo porque no a todos les gusté. Arrugó la nariz ante mi presencia el duque de Béjar, marqués de Gibraleón, conde de alguna otra cosa, que tanto título me da mareos, quien no supo corresponder generosamente al honor que le dispensó mi padre o padrastro de mi hidalgo o cronista de esta extraordinaria historia. También aquel académico de la Argamasilla, que escribió el siguiente epitafio en mi tumba, creyendo, inocente él, que de verdad yo moría:

> Reposa aquí Dulcinea,
> y aunque de carnes rolliza,
> la volvió en polvo y ceniza
> la muerte espantable y fea.
>
> Fue de castiza ralea
> y tuvo asomos de dama;
> del gran Quijote fue llama,
> y fue gloria de su aldea.

No me enterraron a mí, no pudieron hacerlo, nadie coronó mi cabeza con guirnaldas de ciprés ni con amarga adelfa para velarme.

Aunque todo conocimiento en mi cerebro es escaso, un par de cosas, por sabidas, han penetrado mi comprensión. No necesito hacerme la pregunta de cuál habría sido el destino de Aldonza si el caballero andante no la salva de la inmediatez. Bien creíamos entonces que en la parte superior de la tierra estaba el cielo y debajo, los abismos, uno de los cuales ocupaba el infierno y otros dos, menores, el limbo. Hacia aquellos abismos habría sido expulsada yo, campesina de dudoso calibre, arrojada estrepitosamente fuera de las jerarquías del cielo y de la tierra. Pero una mano evitó tal estrépito, y al nombrarme emperatriz de la Mancha dejé las lágrimas, no las llorara yo. ¿Dichosa sobre cuantas hoy viven en la tierra? ¿Sobre las bellas yo, la más bella Dulcinea? Veamos. ¿De verdad me cupo en suerte tener sujeto y rendido a toda mi voluntad y talante a un tan valiente y tan nombrado caballero? ¿Por qué me transformé yo en la ilusión de un desfacedor de agravios y sinrazones, uno en pro de los menesterosos? Señor mío y de mi alma, en estos lugares cortos, de todo se trata y de todo se murmura, y lenguas viperinas ensayaron ponerte en mi contra, abrirte los ojos (forma en que ellos creían que se veía la realidad). Pero si la tuya era tanto más rica y divertida, ¡cómo desbaratarla! Con qué fuerzas. Y mientras te enjaulaban para que recuperaras la razón, mi corazón primaba sobre el tuyo y negabas cualquier palabra que redundase en mi contra. Hasta a Sancho lo maltrataste cuando insinuó que aquella Dorotea, la princesa de Micomicona según tu buen ver, tan melancólica y remilgada, tan femenina y quejosa, poseía más belleza que yo. Casi lo mataste a golpes, ¿lo recuerdas? Y sentenciaste: «Ella pelea en mí y vence en mí, y yo vivo y respiro en ella, y tengo vida y ser». Indestructible yo. Frente a aquellas Doroteas, Lucindas o Zoraidas, frente a cualquiera de ellas, pienso que mi bien fue no aborrecer la vida ni entenderla como mortal enemiga mía, lo que si sucediole a ellas, por culpa de promesas y desengaños. Ya lo dijo Sancho, que yo podía sacar la barba del lodo a cualquier caballero que me tuviera por señora. Lo mejor que tiene es que no es nada melindrosa, fueron sus palabras, con todos se burla y de todo hace mueca y donaire. Y habló de mi cara, en oposición a aquéllas tan transparentes, finas y sin sangre: que debe estar ya trocada, dijo Sancho, porque gasta mucho la faz de las mujeres andar siempre al campo, al sol y al aire.

No fui una mujer como ellas. (¿Por eso fui elegida?)

Es cosa cierta que cuando la corriente de las estrellas trae las desgracias no hay fuerza en la tierra que las detenga ni industria humana que prevenirlas pueda. Y aquellas damiselas de entonces allí se encantaban —en las desgracias, quiero decir— porque sólo en ellas sumergidas palpaban la vida en sus venas. Se solazaban enjugando lágrimas hechiceras, se las ingeniaban para seducir sin miramientos y con delicadezas afectadas, despreciando cualquier razonamiento. Hay quien se busca una cosa y halla otra. Por su propia voluntad. Entonces, y por ellas, decía mi caballero que es natural condición de mujeres desdeñar a quien las quiere y amar a quien las aborrece.

No era mi caso.

No debo ignorar que a mí, mujer al fin, me ahogaba a veces la pasión de este hombre triste. Después de todo, mis amores y los suyos fueron siempre platónicos, sin extenderse más que a un honesto mirar. En doce años, no me vio más de cuatro veces. Pero él, en sus devaneos, sintió que aquello bastaba. Y mientras enderezaba tuertos y deshacía agravios, yo labraba tranquilamente la tierra, sin parecida debilidad, sin sollozar por los caminos ni suspirar en las vertientes ni esconderme en los bosques ni escaparme de casa, acciones acometidas por aquellas otras, dramáticas y fatigadas, para llamar la atención y atraer los ojos de sus hombres al centro mismo de sus alborotados y delicados pechos. Bien sabemos que el buen paso, el regalo y el reposo allá se inventaron para las blandas cortesanas. Entonces, ¿quién puede culpar a mi señor de discurrir e improvisar a su propia dama? Los hombres por aquellos tiempos no albergaban buena opinión de las mujeres. Las amaban, pero ¿quién dijo que eso bastara? Cada vez que podían discursear en su contra, lo hacían con complacida verborrea. Se preguntaban quién hay en el mundo que se pueda alabar que ha penetrado y sabido el confuso pensamiento y condición mudable de una mujer.

No fue en vano que mi señor hizo decir a Anselmo y Lotario: la mujer es animal imperfecto, no tiene tanta virtud y fuerza natural que de ella dependa, hay que ayudarla a conservarlas para que sin pesadumbre corra ligera a alcanzar la perfección que le falta; es necesario que los hombres quiten de ella los embarazos porque no puede por sí misma atropellarlos; una mujer está sujeta, como un espejo de cristal luciente y claro, a empañarse y oscurecerse con cualquier aliento que le toque, hay que usar con ella el estilo de las reliquias, adorarlas y no tocarlas; como un jardín de flores, basta mirarla desde lejos, sin consentir que nadie la pasee ni manosee y sólo gozar su fragancia por entre las verjas de hierro. Porque es su buena fama la que más importa.

Es de vidrio la mujer,
pero no se ha de probar
si se puede o no quebrar,
porque todo podría ser.

Y es más fácil el quebrarse
y no es cordura ponerse
a peligro de romperse
lo que no pueda soldarse.

Mientras, nuestro manchego se presentaba a sí mismo como el cautivo de la sin par y hermosa Dulcinea del Toboso. Entretenido con la memoria de su señora, muchas noches fui dueña de sus horas, pues suponía él que un caballero andante no dormía entre las florestas y despoblados y se acomodaba bien a la idea libresca de las noches de los caballeros, masticando cómo en los trances del día pedíame a mí que lo socorriera, encomendándoseme de todo corazón. Pues él *a mí* se encomendaba. Como si su Dios yo fuera. Se refería a mi persona como aquella que de su corazón y libertad tiene la llave. Sí. Soy tan real como las Amarilis, las Filis, las Silvias, las Dianas, las Galateas y otras tales de los libros de caballería que encendieron y obsesionaron a los caballeros andantes. Si ellas no fueron señoras de verdad, al menos fueron celebradas y su mérito fue ahorrarles a sus héroes lo fatídico de la realidad. Les digo entonces a las otras, a aquellas cien por ciento humanas, las que a bien no tuvieron elegir un caballero andante, que no se quejen: quien bien tiene y mal escoge por mal que le venga no se enoje.

«Píntola en mi imaginación como la deseo, así en la belleza como en la principalidad», dijo mi amo sobre mi humilde persona, entonces, ¿importa de verdad cómo fui? Quizás es inútil perder tiempo en situarme fuera de los innobles moldes de la época, enfatizando mi diferencia. Al fin, igual estoy cubierta.

Continuó él debatiéndose entre las locuras desaforadas y las melancólicas, mi figura al medio, partiéndolas. Y como prueba de esto, por si alguien no me creyera o pensara que exagero, conservo hasta hoy la carta que me enviara y ya que él sabía de palabras, remitámonos mejor a ellas.

Soberana y alta señora:

El ferido de punta de ausencia, y el llagado de las telas del corazón, dulcísima Dulcinea del Toboso, te envía la salud que él no tiene. Si tu hermosura me desprecia, si tu valor no es en mi pro, si tus desdenes son en mi afincamiento, magüer que yo sea asaz de sufrido, mal podré sostenerme en esta cuita, que además de ser fuerte es muy duradera. Mi buen escudero Sancho te dará entera relación, ¡oh, bella ingrata, amada enemiga mía!, del modo que por tu causa quedo: si gustares de acorrerme, tuyo soy, y si no, haz lo que te viniere en gusto, que con acabar mi vida habré satisfecho a tu crueldad y a mi deseo.

Tuyo hasta la muerte,

El Caballero de la Triste Figura

Alguien por ahí dijo: sé breve en tus razonamientos, que ninguno hay gustoso si es largo. He abusado de los oídos de ustedes y me quiero despedir. Lo que deseaba decir ya lo he dicho, aunque mi caballero aventurero, apaleado y emperador lo dijo todo por mí. Pues aunque soy parte de esta gravísima, altisonante, mínima, dulce e imaginada historia, no soy una ficción de ingenio ocioso. Mi señor creyó siempre que la fortuna no se cansa de perseguir a los buenos. Lo habéis comprendido, ¿verdad? Nunca me rozará aquel instante definitivo, el de la muerte. Tenedlo todo por cierto: de carne y hueso soy y seguiré siéndolo por los siglos de los siglos.

El testigo

Para Rocky

Actuar como sus ojos, aquélla era mi labor. Mirarlo todo por ella. Recorrer cada día el parque guiándola, evitar que los pies se enredaran en las rosas o se estrellaran contra el tronco del ombú. Alrededor de la piscina debía dar vueltas con especial cuidado, era muy grande, un azul profundo como una mancha en el verde del pasto. Al lado de la piscina estaba el peumo que daba la sombra en los días de verano y allí me instalaban, sentado a su lado, amarrado a una rama del árbol para no molestar. Porque soy molestoso. Me gusta saltar y jugar y pasar la lengua por todas las superficies y también me agrada la gente pero no siempre me permiten verla. Mi hermano el Tonto se sienta bajo el peumo a mi lado y no molesta a nadie. Cuando llegan las visitas, agachamos la cabeza para que nos permitan quedarnos. La Dueña hace como si no existiéramos, nos ignora. Y cuando aparece la Bella, entonces sí soy feliz. El Tonto ni la mira, yo, en cambio, me vuelvo loco de placer y armo un gran alboroto, por lo que siempre me llega un coscacho en la cabeza. Ella, preciosa como es, ilumina el parque con su cuerpo fino, delgado y gracioso, ocultando la mitad de su silueta con ese pelo color maíz, tan largo lo tiene. La Bella me hace cariño. Se inclina y pasa su mano juguetonamente detrás de mis orejas. Ella todo lo hace con delicadeza, incluso tocarme.

Sólo con mirar este parque, sus árboles centenarios, sus estatuas blancas, su piscina gigante, sus senderos perfectamente dibujados, la enorme casa al centro y las muchas hectáreas de frutales detrás, se entiende de inmediato que la Dueña es millonaria, no hay que ser inteligente para deducirlo. Por lo tanto, la Bella es la gran heredera, tan bonita y apetecida como en los cuentos de hadas. Antes de la aparición del Bellaco venía de visita un ejército de pretendientes. Me pregunto para qué la quieren heredera, como si no bastara con su belleza. Pero parece que los seres humanos son así. Como si nunca les resultara suficiente.

El día de su boda, porque la Bella se casó con el Bellaco, me encerraron y me perdí toda la fiesta. Igual que la Dueña, no vi nada. Sólo divisé de lejos al Bellaco pavoneándose, como si se hubiera ganado la lotería, y pensé, claro, pues, sí que se la ganó. Y aunque no fui invitado a la fiesta, ella, hermosísima en su largo vestido blanco, tuvo un momento para ir a saludarme, se acordó del Tonto y de mí, y fue a la parte trasera de la casa a tirarnos un beso, un beso largo y etéreo que atravesó los velos y las flores de su vestido y que nosotros tratamos de sujetar.

Fueron opacos y un poco tristes los días que siguieron al matrimonio, la casa parecía vacía y el parque inútil sin su presencia. Todo continuó como siempre, nada cambiaba, yo sacaba todas las mañanas a la Dueña a caminar, la paseaba entre los árboles, me detenía ante los frutales para que ella pudiese alargar su mano y sentir que una pera era una pera y una manzana, una manzana. Todo era igual, pero la Bella no estaba ahí. Había partido. Entonces, durante la mañana de un sábado, escuché una cierta algarabía, toda la casa parecía haberse puesto en movimiento, como por arte de magia. La cocinera sacó a relucir los mejores olores, el jardinero metió mucha bulla con la cortadora de pasto, la Dueña estaba tan ocupada que olvidó pasear. Comprendí que la Bella venía, su primera visita como mujer casada.

Nos amarraron al peumo en el mismo momento en que se escuchó, desde lejos, el sonido del portón automático abriéndose, con su leve crujido de siempre, quejándose. El Tonto y yo, al lado de la piscina, esperando que algo pasara. Todos se dirigieron a almorzar bajo el ombú y la Bella fue de inmediato a saludarnos. Se balanceó alegremente con su gracia acostumbrada: su pelo era aún el maíz de los potreros y su cuerpo una espiga, no parecía haberla arruinado el matrimonio. Soltó una cascada de sonrisas y palabras en nuestras cabezas.

En la vida del parque existía la costumbre de que después de esos grandes almuerzos, todos los invitados, presididos por la Dueña, desaparecieran a sus aposentos a dormir la siesta. Lo sé bien porque, cuando estaban de novios, la Bella y el Bellaco aprovechaban esos largos ratos para hacerse arrumacos al lado del agua azul de la piscina. Muchas veces olvidaban desamarrarnos y debíamos permanecer allí, tranquilos y resignados bajo la sombra del peumo, testigos involuntarios de los avances del galán descreído hacia el cuerpo de su novia. El Tonto dormía, indiferente.

Así sucedió también aquel día.

El Bellaco anunció que igualmente él se dormiría una siesta. Partió, ostentando unos bostezos muy poco refinados. La nueva esposa no parecía tener sueño, la única de toda la comitiva que decidió aprovechar la tarde silenciosa. Sacó de su bolso un aparatito negro y se enchufó unos audífonos en los oídos. No me eché en el pasto, como era mi hábito, sino que me quedé parado aguardando cada paso de la Bella, atento, quizás quisiera jugar un rato conmigo. Pero en cambio se recostó sobre una tumbona y cerró los ojos, como si el mundo no existiera. Y los oídos siempre tapados por esos aparatitos de sordera que llevan al otro tan lejos. El tiempo transcurrió lento, como sólo sucede en los lugares de soledad. Porque el parque parecía inmensamente solo. Daba la impresión de que el sueño hubiese adormecido a cada uno de sus habitantes, incluyendo a mi hermano, que se pasaba la mitad de la vida roncando. Fue entonces que escuché unos pasos.

Me puse de inmediato en alerta.

Era el Bellaco. Avanzaba casi oculto tras los árboles, como escondiéndose. No me gustó su forma de caminar, había algo ladino en él, algo torcido. Se había puesto el traje de baño y acarreaba en su mano derecha una botella de vidrio transparente que contenía un líquido castaño. En la izquierda, un vaso grande. Inquieto, me puse a ladrar. Él se acercó a la tumbona por detrás, situó cuidadosamente la botella y el vaso en el pasto y ubicó sus manos en el cuello de su esposa. No sé si lo apretaba o lo acariciaba. Ella no escuchaba nada con los audífonos puestos y no se dejó advertir por mis ladridos. Habrá pensado que era un juego. Entonces el Bellaco tomó su hermosa cara, le abrió la boca a la fuerza y comenzó a derramar el líquido castaño por su garganta. Ella reía al principio y le decía que no, que la dejara tranquila. Hasta que dejó de reír. Fue la expresión de sus ojos la que cambió. Se oscurecieron. Los audífonos volaron en el forcejeo y recién entonces escuchó mis ladridos, distinguió en ellos una cualidad nueva. Pero ya era tarde. El Bellaco la sujetó bien por la espalda, volvió a abrir su boca a la fuerza y continuó vertiendo sobre ella el contenido de la botella. Estaban al borde de la inmensa piscina, apretó el cuerpo de su esposa al suyo, y con un solo movimiento, corto, preciso y enérgico, la arrojó al agua, tirándose él con ella. Una vez adentro, la empujó sin piedad hacia la parte más honda. Ella casi no reaccionaba, estaría muy atontada o sencillamente no quería creer en la veracidad de lo que ocurría. Se esforzaba débilmente por sacar la cabeza para respirar.

Mis ladridos llegaban al cielo en su ferocidad y ningún ser humano los escuchaba.

Una vez inerte ese cuerpo tan bello, el hombre salió del agua, se secó en un instante y corrió parque adentro hacia la casa, entrando a su habitación por la puerta lateral que yo tan bien conocía. Lo imaginé poniéndose la ropa y tendiéndose en la cama, listo para aparentar el gran sueño.

Y yo, amarrado al árbol, sin poder hacer nada para salvarla. Se apoderó de mí tal fuerza, una fuerza desconocida hasta entonces, que corté la correa que me sujetaba y con rama y todo me liberé del árbol que me tenía prisionero. Corrí al agua. El Tonto se quedó mirando muy desconcertado pero no fue capaz de seguirme. Nunca había nadado, la piscina estaba prohibida para mí. Pero cada miembro de mi cuerpo respondió al desafío y muy luego llegué hasta la silueta que flotaba en el medio de la piscina. La tomé de la ropa, traté de sujetarla con mi hocico. No tenía fuerza, ella pesaba más que yo. Pero me la inventé. Traté con mis patas delanteras de tomarla pero al hacerlo sólo conseguía hundirla. La torpeza de mis miembros. Entre cada bocanada de agua, ladraba. Seguía ladrando.

Al fin salió gente de la casa, advertida por mis ladridos y los de mi hermano, que a esas alturas había entendido el peligro. La cocinera, la primera en reaccionar, llamó a gritos al Bellaco cuando vio de lejos la escena. Todas las puertas empezaron a abrirse hacia el parque, menos la de él. Dormía tan profundamente, como dijo más tarde. Sacaron a la Bella del agua, un cuerpo lánguido y oscurecido. Ya no había nada que hacer.

—¡El perro! —gritó el Bellaco—. ¡Ese perro maldito la ahogó!

La única huella de sangre sobre el cuerpo la habían dejado mis uñas.

Sobre la vulcanizadora

Lo que es a mí, me alcanzó el futuro. Hacer lo mejor o lo peor no es muy distinto.

A veces pienso que es todo culpa del tío Fernando. Era buen mozo, era divertido, tenía apellido rimbombante y, como toda mi familia, era rico. Se casó con la mujer que le correspondía, léase, buena moza, divertida, con apellido rimbombante y rica: la tía Mónica. Vivían en el campo, en las tierras familiares de Colchagua, un poco ajenos al devenir de los seres humanos comunes y corrientes y daba la impresión de que se lo pasaban en grande. Mis recuerdos de infancia en su casa están ligados a grandes comilonas y grandes tomateras. Tuvieron tres hijos. La Moniquita, la Bea y Ramón, primos hermanos de mi madre. Por esas desgracias de la vida, la Bea nació ciega. Yo creo que algo veía pero no mucho. Entonces no existían políticas para la discapacidad, lo que llevó a mis tíos a internarla en un hogar para ciegos en Santiago, en la comuna de La Cisterna. Ramón, que no andaba muy bien de la cabeza, se quiso venir con ella, pero no lo aceptaron en el hogar porque sus dos ojos estaban sanos. Nadie sabe cómo logró la pobre Bea manejar su crecimiento y su desarrollo, pero ahí estaba. Recuerdo cómo la tragedia envolvió a toda la familia el día que la violaron. Fue en el hogar, dijo mi madre, tiene que haber sido uno de los ciegos. ¿Y cómo le achuntó, entonces?, preguntó mi hermano Pablo y lo echaron de la mesa. La Moniquita se quedó en el fundo familiar por un tiempo hasta el día en que apareció a la hora de la comida avisando que se había casado con el jardinero. El tío Fernando y la tía Mónica pensaron que se trataba de una broma de mal gusto. No, era cierto. Nelson, el hombre que podaba las rosas y regaba el pasto, había enamorado a la Moniquita y la convenció de que se fuera con él. Era el único hombre joven en muchos kilómetros, aclaraba mi mamá, como si eso lo explicara todo. Por supuesto, echaron al jardinero en el acto y la virtual heredera partió con él. El tío Fernando la borró de su mente, su hija dejó de existir. (Digo *virtual* porque a la muerte de mis tíos no hubo herencia alguna que reclamar. La tierra en que vivían pertenecía a la familia extensiva, mi abuelo y sus otros hermanos, por lo tanto se dividió entre ellos sin mediar hijos ni yernos. Y la fortuna que se les calculaba había desaparecido. La casa, hipotecada, vendidos supongo los óleos del siglo pasado que adornaban los corredores, ni una marina quedó, nada. Hacia dónde partió el dinero, nadie lo sabe de cierto, pero tenemos intuiciones.)

Volviendo a Moniquita: huyó con el jardinero a Santiago y se llevó a su hermano Ramón con ella. Se instalaron en una casa —la única que pudieron pagar— en una población en Lampa, la zona más fría de la ciudad. Nelson vendía sus servicios a las casas del barrio alto, donde siempre temía encontrarse con alguien de la familia de su esposa. Ella no pudo salir a trabajar —fuerzas no le faltaban— porque tuvo un hijo tras otro, ni píldoras ni condones, nada. Como si fuera del Opus Dei. Ramón cooperaba un poco con los críos pero no era una ayuda confiable ni permanente porque desaparecía por semanas enteras. Estará donde la Bea, decía Moniquita tranquila, no se inquietaba con facilidad. Nadie se acordaba mucho de ellos. Como si hubiesen partido a Australia, algo así.

Un día mi padre llegó lívido a la casa. Tomó a mi madre del brazo y la llevó a su escritorio: he visto a la Bea en la calle, le dijo (yo espiaba detrás de un sillón). ¿Y qué tiene de particular?, preguntó ella, lista para zafarse de cualquier cosa que se relacionara con esa familia (aparte de la ropa que le llevaba a Moniquita, todo lo que me quedaba chico partía para allá, junto a las sábanas y toallas viejas). Cantaba, Julita, estaba cantando en Ahumada con Huérfanos, en la esquina del Banco de Chile, con un plato con monedas en la acera. ¿Y sabes quién canta con ella? ¡Ramón! Me contó que limpia autos en una tienda en la Alameda, frente a la Universidad Católica. Cuando no tiene mucha pega, va y acompaña a la Bea en el canto.

Los suspiros de mi madre llenaron la habitación. Esto parecía ser más grave que la violación. Primando en ella su responsabilidad familiar más que su bochorno, partió a las esquinas señaladas para: 1) comprobar si era cierto, y 2) preguntarle a la Bea qué pretendía. Llegó de vuelta a casa envuelta en derrota, casi desesperada: ¡es que a la Bea le *complace* cantar en las esquinas!, ¡lo hace por gusto!

Nunca pensé que el arribismo tendría su opuesto, sentenció mi pobre madre a la hora de la comida, enarcando las cejas, síntoma ineludible, aviso del enojo que venía.

El abajismo, repuse yo.

Esa palabra no existe, y si no existe, por algo será.

Nunca fui un trofeo para nadie. Ni para mis compañeras, que no se peleaban por ser mis amigas, y menos aún para los hombres. Aparte de mi evidente timidez en lo social, mi exterior era bastante poco significativo (es, aún en el presente). Yo era la menor y daba la impresión de que nadie se molestaba en educarme, como si ya hubiesen intentado en vano la tarea con anterioridad. Todo a mi alrededor me aburría un poco. Mi familia más que nada. Papá-empresario-que-no-tiene-tiempo-para-nada. Gran proveedor, un poco inculto, seguramente mujeriego pero no me consta, solía verlo en fotografías de la prensa con una sonrisa de mentira. Aburrido mi papá. Mamá-estupenda-opinadora-dueña-de-la-verdad. Aplastante, observadora de todas las costumbres, astuta, un poco distante, los berros eran su plato preferido. Aburrida mi mamá. Hermana-mayor-intelectual-severa. Cada vez que la veía llegar de clases, con pesados textos bajo el brazo, con cara de haber estudiado *tanto,* me daba la impresión de que yo era una cucaracha. ¡Aquí vengo yo!, parecía decirnos para que no osáramos molestarla. Aburrida mi hermana. Hermano-débil-perezoso-un-poco-alcohólico-copia-de-su-padre-pero-humano. Entre una desintoxicación y otra, lograba que una lo quisiera e inspiraba ganas de protegerlo pero duraba poco, de la nada se volvía irascible y a veces violento y yo me escapaba de él. Trabajaba en la empresa de mi papá. Aburrido mi hermano.

Por supuesto estaban las nanas que me cuidaban. Algunas me quisieron pero cambiaban muy seguido, algo pasaba entre mi madre y ellas, que no duraban. La lista fue larga y ninguna quedó grabada a fuego en la memoria.

Mi único amor era mi gato Ladislao. Vivía en mi pieza, dormía en mi cama, le daba de mi comida. Compartíamos un extraño lenguaje y un afecto infinito. Me miraba a veces con tal concentración —como nadie más lo hacía— y sus enormes ojos negros transmitían mensajes ineludibles que ya me calmaban o alegraban, según el momento. El día en que lo atropellaron se cerró un pedazo de mi corazón. Tenía quince años y ocho con él a mi lado. Como no hay protocolo para un duelo de este tipo, no supe cómo vivirlo. No había espacio posible para contener mi dolor porque cuando se muere un gato la vida sigue y yo estaba obligada a seguir también. Si se muere un familiar, una deja de ir al colegio, se encierra a llorar, existen las ceremonias y liturgias que te anestesian y los demás te permiten irte a la mierda e incluso te acompañan en el dolor y te cuidan. Por lo tanto, una muerte en la familia es una luz verde para irse por el barranco y caer y caer. Yo no tuve nada de aquello y cómo me hizo falta. En la casa me decían, ya, pues, Belén, si es sólo un gato. Sí, *es sólo un gato,* como si eso lo despachara. Entonces me puse a comer. Cada vez que la ausencia de Ladislao se me volvía intolerable, bajaba de mi pieza a la cocina y abría el refrigerador. Subí cinco kilos en dos meses y cambié de talla. Mi mamá se alarmó. Me puso en una dieta estricta. A veces, a escondidas de ella, buscaba algo calórico, lo más calórico posible, y me lo tragaba, culposa y desesperada. La escuché diciéndole a Loreto, mi hermana mayor: me aterra que la Belén adquiera identidad de gorda, ¿te has fijado que las gordas caminan de una forma determinada, se sientan de otra, miran al mundo desde la gordura?

Hasta el día de hoy.

Mi clóset, exiguo como es, contiene todas las tallas por las que he pasado, bien ordenaditos los vestidos de las tallas 38, 40, 42, 44, 46. Todos grises, azules o café. Nada de color, nada estridente, nada muy visible. Por favor, nada brillante. Me aterraría llamar la atención. No pierdo las esperanzas. Hoy vivo la faceta de la talla 44 pero estoy segura de que recuperaré la 38, no sólo para verme bien sino para que mi madre no me mire con desprecio. Volveré a ser delgada, sea como sea.

Para compensar las dietas comencé a fumar. Lentamente me fui haciendo adicta al tabaco, nada me fascinaba más que sentir los primeros efectos en el cuerpo cuando aspiraba en la mañana. Para estudiar, fumaba. Para oír música, fumaba. Para hablar por teléfono, fumaba. Para no tener hambre, fumaba. La cantidad de cigarrillos diarios fue en aumento. Hace un par de años decidí dejarlo, odiaba mi dependencia a medida que nos iban cercando a los fumadores. Ya en ningún lugar te dejan tranquila y la vida se nos está haciendo cada día más difícil. No es que yo tome muchos aviones ni me hospede en muchos hoteles pero hasta en la fuente de soda de la esquina me lo prohíben. Entonces le pedí a un amigo médico que me ayudara, ya fuera con hipnosis, medicamentos, cualquier cosa. Me hizo elegir una fecha determinada para ir haciéndome a la idea de una vida non smoking. Recuerdo la noche final, cuando había llegado el día asignado. Tomé mis cigarrillos, mis encendedores y todos los ceniceros que había en la casa, los metí adentro de una bolsa plástica y partí al bote de la basura: aún revivo el sollozo enorme que estalló en mi pecho en el minuto que los tiré. Era como enterrar a Ladislao. Esa noche dormí apenas, como una esposa amante que sabe que al día siguiente enviudará, un sobresalto tras otro, puros malos presagios. Empezó mi calvario de la vida sana. Andaba por la calle y miraba a los fumadores y no sabía quién era yo. Por las noches, lloraba. Me sentía tan sola. Me parecía que todos mis actos se volvían insignificantes. Si me preguntaban sobre el tema, empezaban los pucheros y no lograba responder sin largarme a llorar. Pasaron siete meses, siete largos, eternos meses sin fumar. El día en que me di cuenta de que había abandonado a mi mejor amigo, partí a la fuente de soda y muy tranquila pedí una cajetilla de Kent. Al día de hoy tengo una tos de perro pero una compañía leal y segura.

Así, ante el mundo, éramos una familia común y corriente, como todas. Vivíamos en una casa grande y bonita en Vitacura, yo estudiaba donde unas monjas rígidas y anodinas, preparándome para un futuro previsible pero asustada de que se me escapara.

El futuro. Bonito concepto, tramposo, elusivo, hijo de la gran puta. No sabía bien qué hacer con mi vida en medio de tal aburrimiento y elegí estudiar Trabajo Social pensando que al menos podría encontrarme con historias de verdad. La noticia fue recibida en mi familia sin ningún entusiasmo. Quizás el día de mañana puedas hacerte cargo del personal de nuestra empresa, opinó mi padre, con escepticismo mal disimulado. Mi madre arqueó las cejas. Loreto no se enteró, menos aún mi hermano Pablo, siempre sumergido en su mundo.

A nadie le interesaban mucho las historias que tenía para contar. Las tragedias son tan de la clase media, mijita, ahórratelas. Y yo guardaba silencio. Fue entonces que conocí a Arturo. Éramos compañeros en la escuela y no tardamos en simpatizar. Hacíamos planes grandiosos para cuando fuésemos profesionales, seguros de que de verdad cambiaríamos el mundo. Sus padres eran modestos trabajadores: él, empleado de Impuestos Internos; ella, cajera en un supermercado. Vivían en Puente Alto. (La primera vez que fui a estudiar a su casa tuve que llevar mapa, no podía creer que la ciudad se extendiera tanto y que hubiese tantas estaciones del Metro desconocidas para mí.) La mamá de Arturo nos hizo un queque para la hora del té. La primera vez que él fue a la mía, le tocó la hora del almuerzo. Con mi madre en la cabecera. Cuando terminamos la entrada, ella tocó la campanilla para avisar a la cocina, gesto eterno en mi hogar que a mí nunca me había llamado la atención. Pero cuando volvíamos a la escuela, Arturo me dijo que eso era inadmisible, que sólo se llama con la campana a los animales o a los esclavos. Y mi madre, a su vez, no pudo reprimirse: mi amor, tus nuevos amigos no saben usar los cubiertos, ¿viste que no tocó el cuchillo para el pescado?

A pesar de los cubiertos y de las campanillas, nos enamoramos.

Mi experiencia previa con el amor no había sido muy satisfactoria. Debiera decir «con el sexo», pero como me enseñaron a unir las dos palabras, así las ocupo. Dos de aquellos hechos fueron relevantes para arrojarme en los brazos de Arturo. El primero, Francisco Javier, era ex alumno de un colegio conocido, nuestros padres se encontraban en las comidas, él estudiaba segundo año de Ingeniería Comercial en la Universidad Católica y se había mudado a vivir con unos amigos para «adquirir cierta experiencia». Era alto, de buena constitución y tenía los ojos muy, muy verdes. Una noche se anduvo emborrachando un poco en una fiesta y empezó a atracar conmigo mientras bailaba. Prefiero no ahondar en detalles sino sólo contar que cuando estaba en su cama, desnuda en sus brazos, me sentí la mujer más afortunada del mundo. A la mañana siguiente me despertó con un aire de mucho apuro, me sacó de su cama aduciendo que llegaría tarde a un examen de Estadística Inferencial, que debía volar a la universidad. Le dejé mi número de teléfono en su velador. Cuando pasaron los días y no recibí su llamada, partí a verlo. Vivía en El Golf, bastante cerca de mi casa. Al abrirme la puerta de su departamento, no me hizo entrar. Allí, reclinado en el vano, me dijo que olvidara aquella noche, que no significaba nada, que lo sentía. Me cerró la puerta en la cara. Yo me quedé ahí, petrificada. Toqué y toqué el timbre y no me volvió a abrir. Me senté en los escalones que daban a su piso y lloré toda la noche, ahí, en la puerta de su casa, desconsolada.

El segundo episodio no fue muy distinto. Asistí a una fiesta de una antigua compañera de colegio y allí conocí a Luis Ignacio, publicista, medio ocioso, trabajaba de forma independiente luego de haber estudiado arte o algo así. Era muy guapo, el tipo de hombre que nunca miraba a mujeres como yo y eso explica mi sorpresa e inevitable fascinación cuando me invitó a seguir la fiesta en su casa. También vivía en un departamento, como todos los solteros de esta ciudad, pero en un barrio más ad hoc para su carácter, en el Parque Forestal. Pasamos una noche fantástica, logró que por algunas horas no me sintiera opaca ni mediocre. Me pareció de buen sentido calcular que algo así continuaría, ¿cómo no? Pero tampoco me llamó por teléfono después, ni aunque yo revisara mil veces mis llamadas, esperándolo. Decidí que debía tener mal anotado mi número y fui a verlo. Con toda la inocencia del mundo toqué su timbre un miércoles por la noche. La expresión de asombro en su cara al encontrarse conmigo debería haberme advertido. Me hizo pasar, me ofreció una cocacola y a los pocos minutos se disculpó, que tenía una comida, que debía partir, que había sido muy agradable verme. Me quedé en el rellano esperando verlo salir. Algo me decía que no era cierto, que no existía la dicha comida. Y no salió. Toqué el timbre y no abrió la puerta. Me senté una vez más en los escalones y lloré y lloré. Toda la noche.

¿Por qué putas los hombres me dejan?

Arturo no se escondió luego de nuestro primer encuentro sexual ni me echó de su casa. Me ofreció matrimonio al terminar los estudios, convencido de que el solo hecho de recibirnos nos aseguraba trabajo. Por si alguien se lo pregunta: no, no hay colas de empleadores para los trabajadores sociales. Arturo logró que lo contrataran en una dependencia del Ministerio de Salud, con un sueldo risible. Que se lo subirían más adelante, que no se preocupara, que debía hacer carrera dentro del ministerio. Yo apliqué a cuanto lugar se me ocurrió y, por cierto, no eran demasiados. Mujer y en edad fértil, nadie me respondía. Le pedí a Arturo que postergáramos el matrimonio hasta que los dos tuviéramos pega, no me imaginaba cómo podríamos vivir con su puro sueldo. Me sugirió que, en vez de postergar, mejor nos fuésemos a vivir a Puente Alto. ¿Tú, de allegada?, me preguntó mi madre horrorizada, ¡por ningún motivo! (No es que me haya ofrecido espacio en su casa, enorme y con varias piezas vacías.) Al fin conseguí un trabajo de medio tiempo en una fundación que gestionaba proyectos de salud mental para mujeres populares (sin fines de lucro, disculpa para pagar lo mínimo). Estaba tan cansada con las discusiones familiares, todos insistiendo que esta unión era un desatino, que lo único que deseaba era partir de ahí. El día en que me contrataron le dije a Arturo que nos apresuráramos. ¿Tienes miedo de que terminen convenciéndote?, me preguntó. Prefiero saltarme los pormenores de la ceremonia misma. Sólo que Arturo no quiso, por nada del mundo, una celebración tipo muchacha-del-barrio-alto-se-casa-con-gran-fiesta. El día en que reunimos a nuestros padres para que se conocieran, los nervios suyos y míos amenazaban con hacernos tiras. Se miraron, se olfatearon como perros enemigos, marcaron cancha, y, por supuesto, mis suegros se fueron de vuelta a Puente Alto con una sensación inevitable de humillación (y con la certeza de que no volverían a pisar el barrio de Vitacura). Decidimos no festejar. No hubo ni fiesta ni vestido blanco, nada.

¿Por qué Belén se resta de las cosas a las que tiene derecho?, eso se lo escuché más de un par de veces a mi madre.

Me parecía imposible hacer un listado de mis derechos, no sabía bien cuáles eran. O cuáles eran a los que mi madre se refería.

No hay una cosa más triste que vivir arriba de una vulcanizadora. Da la impresión de que todo se contamina con la grasa y el desorden y la inmundicia de las piezas de automóvil. Debía saltar sobre los neumáticos en el suelo y sobre tubos destripados para acceder a la escalera. Fue el único lugar que encontramos, un segundo piso en la avenida Irarrázaval. Claro, en Puente Alto también había arriendos baratos, o en La Cisterna, donde quedaba el Hogar de Ciegos de mi tía Bea, pero yo no quería estar tan lejos de mi trabajo y del mundo que conocía. Eran tres piezas en total, todas pequeñas, más el cuarto de baño. En una dormíamos, en la otra comíamos y en la tercera cocinábamos. Ni Arturo ni yo hacíamos mucha vida social, no nos hacía falta espacio para «recibir». Yo volvía a casa a las dos de la tarde y almorzaba sola, Arturo nunca llegaba antes de las siete. Yo comía cualquier cosa, reservaba las energías para cocinar cuando él llegara. Pero no sabía ni prender el horno, nunca me enseñaron las tareas domésticas, es más, nunca vi a mi madre en la cocina, ella sólo daba órdenes a las empleadas desde su dormitorio. Arturo me enseñó algunas cosas básicas y mi suegra otras. Así fui aprendiendo. Los domingos nos íbamos a Puente Alto y comíamos bien, allá hacían parrilladas y grandes ensaladas de papas, nunca más los espárragos o las sopas de champiñones o el melón con jamón crudo.

Llevábamos un mes casados aquella mañana en que Arturo me despertó muy enojado porque su terno no estaba planchado. Pensé, inocentemente, ¿qué tengo yo que ver con su terno?

No sé planchar, le dije.

Levantó el teléfono y llamó a su madre. Le pidió que por favor viniera en la tarde a enseñarme. Lo tomé con sentido del humor. No me venía mal aprender algo tan básico. ¿Qué me enseñaron en la casa de mis padres, Dios mío?, me dije, ¡si no sé hacer nada!

Los problemas comenzaron cuando me enteré de que, al margen de mi buena voluntad de recién casada, era mi *deber* alimentar a mi marido. Eso no entraba en discusión. Un día llegué con berros y rúcula del mercado y Arturo me miró como si estuviera loca. Yo no como pasto, me dijo. ¿Cómo que pasto?, pretendí discutir, en mi casa siempre lo hemos comido. ¿Tu casa?, ¿te refieres a la casa de tus padres? Escucha bien, Belén, ésta es *mi* casa, olvídate de todo lo demás.

Empecé a engordar otra vez. El día en que me casé estaba en la talla 40. Al año me acercaba a la 46. Cuando llegaba a la casa, en vez de almorzar, me comía una marraqueta con queso. Ya no más *brie* ni *gruyere,* no, sólo con el queso mantecoso más barato.

Y, para colmo, mis dientes. Cuando estábamos en situaciones de intimidad, Arturo me miraba los dientes y me decía, bromeando, cierra esa boca, esconde esas perlas para no envidiarte. Resulta que mi dentadura iba en directa relación con mi casa en Vitacura. Sus piezas eran blancas, parejas, perfectas. Y no entendí hasta mucho más tarde que Arturo odiaba mis dientes.

Conocí en la fundación a una mujer que me llamó la atención. Era abogada, un poco mayor que yo, trabajaba medio día para ganarse la vida y el resto del tiempo se dedicaba a las obras sociales. Me pareció desde el principio una persona atractiva, desde su apariencia —guapa, el pelo corto, castaño y muy brillante, siempre bien vestida aunque nunca formal— hasta su postura en la vida, una mezcla entre progresista, rigurosa, con gran sentido común y con la cuota de frivolidad necesaria para hacerla entretenida. Por supuesto, su talla era la 36 y era dueña de un par de piernas muy largas. Un día nos atrasamos en el trabajo que debíamos entregar y ella me propuso seguir en mi casa. Y nos tomamos un trago, me sugirió. Yo me puse un poco nerviosa, en mi casa había sólo pisco o cerveza e imaginaba que ella tomaba vino blanco o vodka. Compremos una botella de vino en el camino, me dijo, como si intuyera mi dilema. Estábamos sentadas en la mesa del comedor en plena conversación —ella me contaba de su primer marido (ya tenía dos) y adornaba sus historias con anécdotas divertidas, lo que me tenía a mí encantada— cuando llegó Arturo. Capté su expresión y la tensión en su cara cuando se la presenté. Se retiró al dormitorio lo antes posible para «no interrumpir nuestro trabajo». Cuando Carolina, así se llamaba la abogada, partió, él no tardó en hacer comentarios mordaces. Con candor le pregunté qué le desagradaba de ella. Se cree mejor que nosotros, fue la respuesta. Tardé como tres días en caer en cuenta de lo que le sucedía: Carolina le acomplejaba. Y no quería que yo la tuviera cerca.

Pasaba largas horas sola en mi casa. Prendía la tele, veía cualquier estupidez, trataba de hacer labores domésticas como lavar ropa, planchar, pasar la aspiradora, preparar comida. Igual, me sobraba tiempo. Me aburría. Miraba esas paredes con algunas huellas de humedad, calculaba sus metros cuadrados, me imaginaba que era Albert Speer en su celda en Spandau cuyo único ejercicio era caminar por ella imaginándose kilómetros de tierra abierta. Me tendía en la cama y odiaba esas frazadas gruesas y feas que la cubrían, todo porque Arturo se negó a que me trajera el edredón de plumas de ganso de la casa materna. Todo lo que me rodeaba era más bien feo, pero yo nunca había aspirado a la belleza. De vez en cuando iba de visita a casa de mi madre.

Tienes el pelo grasoso, Belén.

Ay, mamá, dale con el pelo, déjame tranquila.

¿Cuánto estás pesando, Belén? Es que me preocupa...

Furiosa, encendía un cigarrillo para calmarme.

No, tesoro, en esta casa no se fuma, no sé qué harán tus amigos en ese mundo en que vives, pero aquí, cigarrillos, no.

Me volvía a mi departamento arriba de la vulcanizadora pensando en el tío Fernando, en la Bea y en la Moniquita, y en que yo tampoco parecía tener espacio ya en el mundo de mi familia. Mi hermana mayor se había recibido de médico cirujano y Pablo, mi hermano, dejaba que mi padre lo explotara en su industria: no los veía y ellos no se interesaban por mí. Mis amigas del colegio nunca fueron muy cercanas. Sólo me quedaba la gente de la universidad —los amigos de Arturo a decir verdad— y su familia. A nadie le importaba cuántos kilos pesaras en Puente Alto. Entonces, luego de pasearme por horas a lo Albert Speer, cuando empezaba a sentir una cierta nostalgia por la casa de mis padres, recordaba las frases de mi madre, y decidía no poner un pie afuera de mi departamento. En cambio, iba a mi clóset y acariciaba mis vestidos, mirando sus tallas.

La Fundación y el proyecto en el que trabajaba cerró de la noche a la mañana y quedé cesante. Mientras buscaba trabajo y mandaba aplicaciones y currículums a cuanto lugar encontraba en la red, pasaron un par de meses. El sueldo de Arturo definitivamente no nos alcanzaba. Ya ni queso barato podía comprar. Me atiborraba de pan y marraquetas mientras, sentada frente a mi computador, pensaba sobre mi futuro. Pasé a la talla 48. Las cuentas empezaron a quedar impagas. El Transantiago subió el precio. Y llegó el día en que Arturo me enfrentó. Que nos fuéramos a vivir donde sus padres, que no había otro remedio. Me imaginé de allegada, en casa ajena, teniendo sexo en silencio, lavando platos sin parar, con un delantal atado a la cintura, respetando a mi marido las veinticuatro horas del día —o al menos simulando respetarlo—, tomando eternos metros y buses para llegar a un lugar cualquiera que me resonara en la cabeza. Y ociosa, cesante, conviviendo con mis suegros dentro de pocos metros cuadrados, sin alternativa de escape. Mi expresión ofendió a Arturo. Al menos sus padres habían ofrecido ayuda, los míos ni eso.

Hablaré con mi madre, le dije.

Por sobre mi cadáver, me respondió.

Esa noche, entre los ronquidos de Arturo, me pregunté por el fracaso. ¿Qué coño significa esa palabra? Pensé en su ambigüedad, en todas las connotaciones sociales que destellan sólo con pronunciarla. ¿Se fracasa según el otro o según una misma? Pensé en el tío Fernando, en la prima Moniquita, en la Bea con su ceguera y en Ramón con su falta de cordura. El único fracaso es el que se puede medir en el interior, me dije despacito mientras los ojos se me cerraban.

Al día siguiente, en cuanto Arturo partió al ministerio, me duché, me lavé el pelo, me vestí lo mejor que pude y tomé el bus a casa de mi madre. Pensaba que la Moniquita, en Lampa, lo pasaría, seguro, peor que yo.

Mi madre estaba instalada en la salita, una habitación en el primer piso al lado del living que ella inventó para nuestros pololeos, aterrada de que alguien del sexo opuesto pisara uno de nuestros dormitorios. Una taza de café en una mano, una página del diario en la otra, el aseo recién hecho, toda la pieza olorosita, la luz del sol por las ventanas subrayando la limpieza y el bienestar.

No te has limado las uñas, fue lo primero que me dijo, para luego agregar, ¿cuántos kilos has subido desde la última vez que viniste?

Le pedí un café a la empleada de turno, me senté en el sillón tapizado de flores amarillas, intentando acumular fuerzas para hablar con ella. Me contaba de una fiesta en casa de mi hermana Loreto para celebrar no sé qué éxito profesional, una fiesta a la cual nadie me había invitado, de los canapés, de la centolla y del champagne argentino que era estupendo ahora que el francés estaba tan caro. De repente detuvo la cháchara cuando me levanté del sillón para dejar la taza de café.

Belén, la escuché como si su voz viniera de muy lejos, ¿es idea mía o el material de tu chaqueta es sintético? Es sintético, digo, por la caída...

Sí, mamá, es de acrílico.

¿Qué te pasó, hija?, me preguntó arqueando las cejas, preparándose para el enojo, ¿cómo llegaste a este estado?

La miré fijo.

Perdón, mamá, tengo que irme.

Salí de esa casa como si el diablo me persiguiera. Afuera, prendí un cigarrillo, los Kent, siempre leales, me devolvieron a mí misma. A una mí misma entre plácida y vencida cuyas afirmaciones nunca eran del todo definidas, siempre quedaban en bosquejo.

Caminé hacia la parada del bus.

Me subí a la micro y logré tomar un asiento, a esa hora sólo viajan los que no tienen trabajo, como yo. Pensé que no hay cosa más triste que vivir arriba de una vulcanizadora, no debiera ser el destino final de nadie. Al menos en Puente Alto los neumáticos destripados no están a la vista.

El consuelo

Son las dos de la madrugada y con manos temblorosas y cansadas recorre un pequeño Larousse que alguien ha dejado en la mesita de la sala. Se pregunta quién se dedica a mirar diccionarios mientras espera y piensa que a lo mejor es parte del mobiliario, como las revistas del corazón en los salones de belleza. Sin darse cuenta siquiera, llega a la letra P y busca pancreatitis, como si sus dedos la llevaran hacia allí ajenos a su voluntad. No, no existe la palabra según los editores del Larousse. Como si no existiera la enfermedad. Páncreas, Pancreático, Pancreatina.

El joven hijo de Ana yace en la Unidad Intensiva del hospital luchando entre la vida y la muerte. En una pequeña y silenciosa sala de visitas, Ana pasa los días y casi todas las noches a la espera de una palabra del doctor, de poder atisbar a su hijo desde el vano de la puerta, de la información de cualquier mínimo cambio en el cuadro clínico. A esa sala impregnada de dolor llegan a acompañarla las mujeres de su vida. Las redes se han expandido y entre la familia, las amigas y las compañeras de trabajo se turnan para imbuirse ellas también de la pena y así lograr diluir un poco la suya. No gritan ni se mesan los cabellos como en otras culturas; por el contrario, todo sucede en la más absoluta sobriedad, en susurros, casi en silencio.

Calma, Ana, no sacas nada con desesperarte, eso no ayuda a tu hijo.

Se va a mejorar, qué duda te cabe, está en las mejores manos del mundo.

Ni por un minuto te pongas pesimista, Ana, tu propia fe lo salvará.

Ya recordarás estos días más tarde, cuando todo vuelva a su cauce, y encontrarás una razón para haber pasado por ellos.

Ya sabes, siempre la situación puede ser peor, hay que agradecer que hay órganos intactos. Al hijo de una amiga mía le pasó lo mismo y salió adelante, mientras respirara, ella nunca desesperó.

Entra a la sala María, amiga de Ana. La abraza en silencio. Luego se sienta a su lado y le tiende un vaso de café. Le dice: esto es lo peor que puede pasarle a una mujer durante su existencia, ver cómo su hijo se debate entre la vida y la muerte.

Las demás la miran escandalizadas. Todas piensan al unísono, ¡qué desatino! Nadie ha mencionado en estos días la palabra *muerte*. Pero María continúa, muy serena: éste es un momento para perder la compostura, Ana, creo que tienes derecho a llorar, a gritar, a golpear las paredes. Y si crees en Dios, maldícelo, ¿con qué derecho te envía este espanto?

En los ojos de Ana aparece una nueva expresión, como si la palabra *consuelo* por fin se hiciera carne.

Ana conoció a María hace muchos años, fueron compañeras en el mismo colegio en la secundaria. Hoy, Ana es una mujer relativamente estable, con un trabajo de cocinera que se ha inventado para sí misma, mantiene a sus dos hijos sin depender enteramente de la cifra que les debe legalmente pagar al mes su exmarido (que ya se ha casado con otra) y sus días son bastante apacibles, parecidos a la lluvia que le gusta mirar tras la ventana en el invierno, monótona pero cautivante al fin y al cabo. Siempre puede transformarse en tormenta. O diluvio. Aspira a pocas cosas, es —en todo sentido— austera. Sólo desea sacar adelante a sus dos hijos, mirarse al espejo sin maldecir, que la película que va a ver el viernes al cine con sus amigas la convenza, que la ciudad no se congestione más de la cuenta, cambiar el auto cada cinco años para que no se desvalorice, tomarse varias copas de vino blanco helado una noche de verano con sus primas y confiar un poco en Dios. ¿El amor? Le da mucho miedo que vuelvan a herirla. Teme, de golpe, sentir el incendio que puede estallar bajo sus párpados. No se cierra ante la posibilidad de enamorarse pero no ve cómo podría esto suceder, a veces ha conocido a hombres atractivos en su entorno laboral, sin embargo, siempre resultan ser gays o muertos de hambre. Duda de que todos los humanos deban vivir en pareja aunque tampoco se rasgaría las vestiduras negándolo. Si alguien le preguntara por su vida, ella respondería —con un candor irreflexivo— que la suya es una que merece vivirse.

María, en cambio, gira dentro de un remolino. Sus días son muy ocupados, gana bastante dinero con la decoración de interiores y se la puede ver volando entre un carpintero y un anticuario, entre una casa en la playa o una empresa que ha renovado sus edificios, un restaurant elegante con un cliente o una fábrica de telas para tapizado. El espacio y lo que éste puede contener son su obsesión y pareciera que su imaginación nunca se agota, como si brotara por cuenta propia sin control de su razonamiento. Su vida sentimental es inquieta e impredecible como ella misma, aquí y allá mira y se arriesga, para decidir que al fin nadie la merece. Se casó siendo muy joven con un hombre que podría haber sido su padre, un matrimonio que todos predijeron que no duraría, y a los dos años ya era una mujer separada. La maternidad nunca ha sido una prioridad en sus objetivos.

Ninguna de las dos era muy rigurosa a la hora de mantener un ritmo que le diera continuidad a la amistad, pero cuando se encontraban, brotaba en ellas un genuino gusto por escucharse. María envidiaba la serenidad de Ana y Ana, a su vez, los dedos largos llenos de anillos y el pelo revuelto de María, que le colgaba por la espalda brillante y un poco desaforado. Cada una admiraba de la otra aquello que le era ajeno a su personalidad.

Una tarde, como otras, llega María al hospital, toma a Ana del brazo y le dice: vamos, debes refrescarte un poco. Ana reclama que no puede ni debe alterar su frágil rutina, que un mal movimiento suyo puede cambiar la situación de su hijo. María le responde que eso suena a superstición más que a otra cosa y le insiste. La hermana menor de Ana, sentada a su lado en el sillón de la sala de espera —de la que ya se han apropiado— deja la revista que está leyendo y apoya la idea de María. Yo te reemplazaré, le dice persuasiva a su hermana, prometo llamarte ante el más mínimo signo de cambio.

Caminan hacia el estacionamiento, Ana tiembla un poco, más por la duda y la preocupación que por la culpa anticipada, la que ha palpado, a pesar suyo, cada noche que el cansancio le ha dictado que vuelva a casa y duerma en una cama como Dios manda. Odia esa culpa ansiosa pero no sabe cómo evitarla. Con docilidad sube al auto de María y hace el gesto automático de fajarse con el cinturón de seguridad y de abrir un poco la ventana para respirar. Cuando el auto ya está en marcha, pregunta con cierta timidez hacia dónde van.

Al nuevo shopping centre, le responde María, ¡apuesto a que no lo conoces!

No, no lo conozco, lo abrieron unas semanas antes del accidente, está muy cerca del hospital...

No han pasado quince minutos y ya caminan por la inmensidad de los terraplenes y de los techos iluminados y a medida que suben por escaleras mecánicas huelen distintas fragancias que se escapan por las puertas de las perfumerías. Ana, abrumada por el tamaño y la elegancia del lugar, no toma ninguna decisión, prefiere seguir a María, que camina con toda seguridad entre las miles de ofertas, entre tantas tentaciones que llaman y provocan, verdaderas escenografías del deseo: ella sabrá dónde detenerse.

Entran en una boutique cuya vitrina, con una seductora luz amortiguada en puntos estratégicos, exhibe glamorosos maniquís que más parecen estatuas de algún museo vanguardista que portadores de prendas pasajeras.

Esto se ve como salido de la Rue Saint-Honoré, comenta Ana, impresionada.

¿Y tú sabes de esa calle?, le pregunta María, sorprendida.

Ana la mira con picardía y entra a la tienda con una sonrisa en los labios, la primera de la tarde, piensa María. Ha guardado su teléfono celular en la cartera, siempre encendido, por supuesto, pero ya no pegado a sus manos como una prolongación de sí misma.

María echa un rápido vistazo a los percheros y va arrancando ganchos para pasárselos a Ana. No mira los precios, sólo tallas, colores y formas. Se engolosina con una amplia falda color arena a cuya cintura se planta una tela fucsia, ancha y rayada en diversos tonos del mismo color, coronada por un brillante y masculino chaleco de terciopelo negro.

Pruébatelo, te quedará precioso.

Ana obedece y parte al probador. Momentos después aparece vestida con esta ropa extraña que, sin embargo, la transforma y la ilumina. Sus prendas antiguas, colgadas meticulosamente en la percha del probador, parecen mirarla como una persona triste y desahuciada.

¡Estupendo!, exclama María entusiasmada, ¡te queda perfecto!

Sí, concede Ana, pero dime la verdad: ¿cuándo me pondría yo esta ropa?

Cualquier día, la despacha María de inmediato, a cualquier hora y para cualquier actividad. Y mira, encontré la blusa justa que va con esa tenida.

Pero ¿y si me arrepiento?, insiste Ana.

No te vas a arrepentir, hazme caso.

Parecen tener alas, piensa Ana mientras impregna la yema de sus dedos con los nuevos materiales, cuando son finos y suntuosos parecen pájaros que volaran. Y mira con nueva complicidad la tela color arena de la falda, los fucsias del cinturón, el terciopelo del chaleco, como si también ellos se entusiasmaran con la transformación de su portadora. La blusa, mitad seda, mitad lino, le queda de perlas. La línea en el ceño de Ana se ablanda.

Bolsas en mano, siguen con su cometido. Las espera la mejor de las perfumerías, a juicio de María, donde entran seguras de sí mismas e inspeccionan estantes y muestrarios. Prueban las cremas y las huelen.

Ana toma en sus manos un pequeño y redondo envase de color verde. Un poco desconcertada lee en voz alta lo que dice en el reverso: está confeccionada con aceite de huevos de hormiga.

Puede cambiarte la vida, qué duda te cabe, le dice María.

Ambas se largan a reír.

Dos horas más tarde, agotadas y repletas de paquetes, deciden tomar algo en el bar del shopping centre antes de emprender la retirada. Se instalan en una pequeña mesa al fondo y empiezan a revisar todo lo que han comprado.

Yo no puedo entrar al hospital con tanto paquete, María, piensa qué imagen daría...

Déjalos en mi auto, los paso a dejar mañana a tu casa.

Piden un pisco sour que beben casi con codicia y a la hora de pagar Ana insiste en hacerlo ella, en agradecimiento a las horas que María le ha dedicado. Pero llega el mozo un instante después y le avisa que le han rechazado la tarjeta de crédito.

¡La reventé!, exclama Ana, entre asombrada y divertida y se dirige a su amiga con expresión incrédula: María, ¡he usado todo el crédito de mi tarjeta!

¿Reventaste la tarjeta?, le pregunta María, sin lograr darle a su tono una gota de preocupación o descontento.

Se miran, como frente a la crema de los huevos de hormiga, y estallan en una risa contagiosa. En ese momento suena, desde las profundidades de la cartera de Ana, su celular. Su expresión cambia radicalmente aunque una gota de risa aún permanece en sus ojos. Lo busca con desesperación, aterrada de no encontrarlo a tiempo y perder la llamada. Logra encontrarlo entre billeteras, peinetas, boletas de todo tipo, servilletas de papel y mira la pantalla para ver de dónde proviene la llamada. Pero María ya sabe. Se levanta del asiento antes de que Ana comience a hablar y recoge uno a uno todos los paquetes.

Mink

Para Alberto Fuguet

Por alguna razón desconocida, en casa de mis padres ciertas palabras se decían en inglés o en francés, nunca en español. Para hablar de una tenida, decíamos *toilette,* para el lápiz labial, *rouge,* para la clase media, *middle class,* para lo turbio, *louche,* para el visón, *mink.*

Entrando en la adolescencia y al atisbo de las vanidades del mundo, mi madre hizo un viaje a Nueva York. Nos escribió desde allá contándonos de la gran locura que había cometido: se había comprado un abrigo de mink. Algún conocimiento debo haber tenido de los privilegios porque supe de inmediato que esto era un hito en el vestuario de una mujer distinguida, que la cantidad de dólares que había gastado era espectacular para un país cuyas divisas se controlaban férreamente y que en aquellos tiempos se contaban con los dedos de la mano las mujeres llamadas a poseer tal prenda. Mi madre, de hecho, tenía los atributos para ser una de ellas. Preciosa, sensual y elegante, llegó a Santiago cubierta de esta piel, clara como el té con leche, suntuosa como un abrigo de las mil y una noches, incluso más suave al tacto que los gatitos recién nacidos que acariciábamos en el campo. Ninguna sombra la rodeaba. Prolongué el abrazo al saludarla porque no lograba desprenderme del hechizo del visón y seguí manoseando su textura por un buen rato.

A veces, cuando mi mamá no estaba en casa, solía partir a su clóset, robaba con sigilo el abrigo de mink y, así arropada, posaba frente al espejo, me observaba con enorme complacencia, soñando con la que algún día sería, fantaseando sobre los lujos que me aguardaban, segura de que seguiría los pasos de mi madre.

Un día me presenté a la hora de comida envuelta en el abrigo de mink para ver las reacciones, tendría unos trece años, la entrada de langostinos con palta esperaba en una mesa bien puesta donde destellaba la porcelana inglesa de platos azules. Mi madre, sentada a la cabecera, se largó a reír.

Te ves preciosa, me dijo, aún riendo, con un tenedor lleno de langostinos a medio camino, te prometo que te lo prestaré cuando seas grande.

Mi papá la miró a ella, luego a mí.

Sácate ese abrigo, dijo con cierta impaciencia, lo puedes ensuciar.

Déjala, Eugenio, se ve divertidísima.

Ella y yo lo ignoramos.

¿Es una promesa?, le clavé los ojos en la cara y la obligué a reiterarlo.

Sí, mi amor, es una promesa.

Entonces, ya mayor, a veces se lo pedía prestado. Déjame ser reina por un rato, le decía y luego de escuchar sus recomendaciones de cuidado, salía con él a la calle y miraba al mundo desde el pedestal que la piel me allanaba. Es que una vez adentro de él, algo especial sucedía, era imposible sustraerse a la máscara, al embeleso del disfraz, a la sustitución del yo cotidiano por uno sofisticado, distante y espléndido. Sólo por cubrirme con él, yo me transformaba en otro ser humano. Me preguntaba por los poderes del visón.

Crecí, estudié, me casé, con el tiempo me convertí en una buena profesional y viví en el extranjero por muchos años. Cuando volví, mi madre ya era otra. Viuda e inválida, había abandonado la ciudad buscando refugio en su casa de campo, lejos del torbellino anterior, de las luces, de los devaneos.

Mi vida era rápida, voraz y vertiginosa, calcada a la vida de tantas mujeres santiaguinas, todas exhaustas, tratando de cubrir cada uno de los frentes y hacerlo lo mejor posible. El tiempo se me convirtió en la gran fortuna, el más importante de los bienes, dejando al dinero definitivamente en un lugar de segunda categoría. Los hijos, el marido y mi trabajo en la gerencia de una gran empresa de alimentos me dejaban poquísimo tiempo libre pero, aun así, pasara lo que pasara, cada domingo tomaba mi camioneta a las diez de la mañana y enfilaba por la norte-sur hacia el mar, doblaba antes de llegar a él, tomaba el camino de la cuesta y aterrizaba en el predio de mi madre. Pasaba el día con ella, almorzábamos juntas, la llevaba de compras por el camino de tierra donde se instalaban los campesinos con sus quesillos y cosechas y muchas veces terminábamos en un galpón al fondo del camino llamado El Mol —tal cual, nada de *mall*— donde vendían ropa usada. Ella, mi madre, una de las mujeres más elegantes de su época, comprando ropas que habían cubierto otros cuerpos. No le gustaba gastar plata y los trapos seguían fascinándola, sin embargo, su hija —profesional respetada— en su fuero interno se decía que tendría que nacer de nuevo antes de llegar un lunes en la mañana a la oficina vestida con una tenida del Mol. En estas correrías nos acompañaba invariablemente Mildred, cuidadora, experta en sillas de ruedas, interpretadora de estados de ánimo, álter ego de mi mamá.

A la hora del café, durante una de las miles de jornadas dominicales pasadas en el campo a su lado, le pregunté por el abrigo de mink. Fue Mildred quien respondió por ella: está colgado en el clóset, la señora ya no lo usa. Lo fui a buscar y me lo puse, divertida, reviviendo por un momento las locas ensoñaciones de antaño. La piel estaba un poco sucia y el forro ajado. Era éste de un material sedoso repleto de bordados color crema de chantilly que siempre me había fascinado —el que un lugar escondido conllevara ese nivel de trabajo y de artesanía nunca dejaba de asombrarme— y pensé una vez más en lo fina que debe ser una prenda para que incluso su interior ostente tal confección. El forro de una manga colgaba, agonizante, enteramente descosido. Me pareció simbólico. La decadencia ya había llegado y la decrepitud se avecinaba. Mi madre, como si tal cosa, me dijo: te lo regalo. Ante mi cara de asombro, insistió: sí, quédate con él.

Pero, mamá, es tu mink, lo quieres tanto...

Ya no lo uso, me dijo con un dejo de dramatismo. No tengo dónde lucirlo.

Algo en su tono sugería que era mi culpa que ella no tuviera dónde lucir su abrigo. Ignoré la sensación y, sorprendida ante este arranque de generosidad, partí con el abrigo en la camioneta y el mismo lunes, al día siguiente, le pedí a mi asistente que averiguara cuál era el mejor lugar de la ciudad donde limpiar y componer un abrigo de visón.

Pagué mucho dinero por el arreglo y me hice del abrigo de mink de mi madre.

Han trascurrido tres años.

Cada vez que debo viajar se me hace un nudo en el estómago pensando en que algo puede pasarle a mi madre y la culpa me invade ya casi por hábito (debo reconocer que a veces, cuando viajo por placer, cruzo los dedos para que nada suceda, no por ella sino por mí). Hace dos semanas, por razones laborales, me ausenté durante seis días. A punto de llegar me avisaron que había varios recados de Mildred para mí. Partí corriendo al teléfono, con el corazón apretado, Dios mío, que no sea nada grave.

Es que desde que usted partió la señora no ha parado de preguntar por su abrigo. Todos los días, a toda hora.

¿El de mink?, pregunté con algo de incredulidad.

Sí, ése. Me hace llamarla todos los días, aunque le expliqué que usted estaba de viaje.

Ya, Mildred, el domingo se lo llevo.

Corté la comunicación un poco perpleja y me pregunté si no habría empezado mi madre a perder la cabeza. Dos días más tarde, el miércoles, me telefoneó ella en persona, cosa que no suele hacer. Le pregunté cómo estaba. Su respuesta fue que quería su abrigo.

Pero si me lo regalaste, mamá, hace un buen tiempo, y lo arreglé y me salió carísimo.

Ignoró mi reclamo, como si no hubiese escuchado, y me repitió que quería su abrigo, que por favor se lo fuera a dejar. Le expliqué que venía llegando a Santiago, que tenía una enorme cantidad de trabajo y que no iría hasta el domingo. Noté que se molestaba pero no le di importancia. En mi lista de preocupaciones el abrigo ocupaba el último lugar.

El viernes en la mañana me despertó Mildred. Que mi madre sufría ataques de angustia, que no había dormido en toda la noche, que no hablaba más que de su abrigo.

Ya, Mildred, si sé, el domingo se lo llevo.

Yo creo, señora, me respondió con un tono de lo más remilgado, que no puede esperar hasta el domingo. Pienso, señora, si usted me lo permite, que debiera venir hoy.

Mildred nunca se quejaba de los malos genios de mi madre ni de sus supuestos ataques de angustia por lo que supuse que la situación era grave. Llamé a la oficina, deshice dos reuniones, expliqué que tenía una emergencia, tomé la camioneta y manejé la hora y cuarto que me separaba de la casa del campo. Me asombraba sobremanera que en plena jornada laboral yo absorbiera kilómetros y kilómetros de vacas y pasto, que me rodeara un paisaje tan bucólico en vez de estar contaminándome en pleno ajetreo. El abrigo de mink en el asiento del pasajero, mudo, bello, tonto.

Entré casi corriendo a su casa, culposa por mi ausencia en la oficina, y ni siquiera acepté el café que me ofrecieron.

Toma tu abrigo, le dije, tratando de disimular la confusión y el cansancio que todo el tema me provocaba. Ella intentó darme alguna explicación pero la verdad es que no la oí. Estoy apuradísima, le dije y partí.

Saliendo al camino público recién pavimentado, miré hacia la derecha, donde debía tomar la carretera hacia Santiago. Y miré también a la izquierda, donde estaban los puestos de fruta de los campesinos y el galpón de ropa usada. Pensé en el teléfono de mi oficina, en cómo estaría sonando, en mi pobre asistente cubriéndome las espaldas, pensé también en los labios fruncidos de Mildred y en la expresión de forzada inocencia de mi madre al recibir el abrigo de mis manos.

Doblé hacia la izquierda, camino al Mol.

2 de julio

1

Sus cuarenta años eran tan grises como él, como su bigotito ralo, como su traje de tela barata, como el cuello remendado de su camisa, como un cierto tono que adquiría su piel al adentrarse la noche, tan gris como todo el entorno y el acontecer de Pedro Ángel Reyes, carentes por completo de luminosidad.

La mañana del 2 de julio hubiese sido la remolona mañana de un domingo cualquiera, donde por fin la cama habría adquirido un tinte diferente al sobrepasar su puro uso utilitario, un espacio donde volver a tenderse luego del suculento desayuno preparado por Carmen Garza, ganándole a las avaras seis horas de los días de entre semana su puntualidad, retozando un poco dentro de las sábanas tras saborear las ricas enchiladas con pollo y crema, el café fresco en tazón generoso, el pan dulce de las conchas y los garibaldis y, aprovechando la plenitud de la estación, el almibarado sabor del mango de Manila. Quizás incluso podría convencer a la mujer de acompañarlo, siempre que se hubiese consumado su puntual digestión, y lograr un poco de placer matinal —necesito juntar fuerzas, carajo; si no, ¡de dónde las saco!— antes de enfrentar el conocido dilema de qué hacer en los días festivos para que ella se divierta si el dinero es tan escaso y ella tan exigente y yo tan aburrido. Las discusiones entre Carmen Garza y Pedro Ángel Reyes los días domingo eran tan previsibles como el anticipo del lunes evidente y ordenado: el aburrimiento acechando implacable, sin disimulo, colándose como una ráfaga de aire tóxico entre la abarrotada sala con sus pesados muebles de pino y felpa.

Pero hoy era el 2 de julio, un domingo diferente para todo el territorio mexicano, y Pedro Ángel Reyes tenía frente a sí —por fin— una tarea extraordinaria que cumplir. Su rutina se torcía: saldría muy temprano a la calle, se presentaría en la casilla, la misma donde votó el 97, ahí, a cuatro cuadras de su casa, en el municipio de Huixquilucan, para ejercer la honrosa tarea de representante de su partido. Por primera vez en su vida a cargo de algo que no fueran los inútiles papeles y timbres de la Oficialía de Partes, a cargo de velar por el triunfo de sus candidatos, los candidatos del pueblo, los candidatos de la nación. Se lo contó a Carmen Garza, se lo contó muchas veces, cuando el jefe fue a hablar con él, se presentó en su oficina, la que compartía con los demás encargados de partes, y preguntó con voz sonora por Reyes; no lo mandó a llamar por el citófono, como lo hacían los mandamases, fue a buscarlo personalmente y lo invitó a un almuerzo, salieron juntos a la calle, y ahí, en el puesto de la esquina, se echaron unos tacos, el jefe y él. Carmen Garza no se lo creyó, ¿para qué va a perder el tiempo tu jefe con un inútil como tú?, le dijo empleando ese mismo tono odioso con que presumía de su apellido, que era tan mexicano, tan plural, desde la oligarquía del norte hasta los indios kikapús, los que arrancaron de la persecución gringa en los grandes lagos, todo ese rollo se mandaba. Pedro Ángel Reyes se abstuvo de relatarle toda la conversación, lo amordazaba su promesa, qué difícil guardar silencio; si hablara, quizás esta pinche vieja no lo mirara más en menos. Pero sí le contó que sería representante del partido el día de las elecciones, que su jefe se lo pidió y a la vez el jefe del jefe, y por eso ella le ha preparado un buen desayuno, tempranito en la mañana, para que fuera tranquilo a cumplir con sus deberes de ciudadano.

Del voto de ella nada supo, es secreto, fue todo lo que le respondió a su ávida pregunta. La primera votación desde que vivían juntos. ¿Y desde cuándo te importa la política? Carmen Garza le dirigió esa mirada de desprecio a la que ya se había acostumbrado. En tres años que te conozco, es la primera vez que te oigo hablar de este tema. Y para rematarlas, le echó una inapropiada advertencia; ¿no será un poco tarde para subirse al buque?

Aunque el hábito y la economía de Pedro Ángel Reyes le dictaban ducharse cada tercer día, y ya el sábado lo había hecho, esa mañana del domingo 2 de julio fue una excepción: no sólo la larga jornada electoral lo requería, sino también su programa nocturno: el jefe lo había invitado a la misma sede del partido en su municipio a celebrar el triunfo, y allí estaría el jefe del jefe y, a su vez, el otro jefe, el director de departamento, todos los meros del municipio, hasta el presidente municipal daría una vuelta luego de visitar la sede central en el D. F., al menos ésa era la ilusión, y entonces, entre un brindis y otro, por fin se le acercaría a la güera esa, la que trabaja en la oficina de Tránsito; cómo no atreverse en medio de la algarabía a dirigirle la palabra, unas pocas no más, a ver si ella responde; él ya no es un cualquiera, él ha sido invitado a la celebración, ya forma parte del grupo, de los vencedores, su jefe lo incorporará, el trabajito no ha sido en vano, y además se ha pasado el día controlando los votos; no, en los ojos de esa güerita coquetona no cabrá el desdén; muy por el contrario, lo mirará como diciendo: si estás aquí, ya eres uno de los nuestros.

¿Cómo se vestirá hoy la güerita? Le conoce cada uno de sus trajes, el azul con minifalda, el conjunto rosa, la falda café con su saco a cuadros, los va turnando a través de la semana y ya el viernes nadie recuerda qué se puso el lunes; total, siempre se ve bien, con sus piernas cortas pero bien moldeadas y su trasero paradito y contundente. No como la desgreñada Carmen Garza, con sus canas al aire porque no se las pinta a tiempo, odia esa franja grisácea pegada al cráneo, que delata la mentira del amarillo de su pelo, no pues, la de la oficina de Tránsito es güera de veras y al menos diez años más joven, sus pechos se sujetan firmes, no es maña del brasier —un hombre como él ya ha aprendido a distinguir—; no como los de Carmen Garza, que perdieron la elasticidad hace un buen tiempo, su volumen los traicionó transformándolos en globos interminables. Claro que en su urgencia él los ha gozado, para qué va a decir una cosa por otra, esa mujer es dueña de dos maravillas: los desayunos y la cama, nada más, y como hoy la vida de Pedro Ángel Reyes dará por fin un giro, no renunciará a la güerita sólo por esas dos razones; ¿es que cualquier mujer no prepara un buen desayuno y se pega un buen revolcón? Es lo menos que se puede esperar de ellas, ahora que andan con aires desobedientes, tan desasosegadas, qué diría su padre si aún viviera, el pobre anciano cuya esposa no lo desatendió un solo día de su vida, que frente a todas sus ocurrencias agachó la cabeza, afirmó, dijo que sí, aunque no llegara a dormir en la noche, aunque se emborrachara, allí estaba ella siempre, esperándolo calladita con sus trenzas peinadas, con las tortillas calientes en el comal y el guisado preparado en la estufa, siempre adentro de la casa, cuidándolo, agasajándolo. Es lo menos que le debo a «mi señor», decía.

¿Por qué no le tocaron esos tiempos a él? De haber nacido antes, Carmen Garza no se andaría con tonterías, ni en broma tendría el atrevimiento de hablarle a su hombre con esa malicia aunque él no fuese su marido con todas las de la ley, su traje gris estaría siempre bien planchado, quizás hasta la camisa podría cambiarse todos los días; y si los zapatos estuvieran lustrados, no gastaría dinero en los boleros. Y las sábanas... ¿Es mucho pedir que las alise como lo hacía su madre, nunca una arruga, nunca un doblez, adentrarse en ellas como si fuesen agua cristalina? Pero lo peor es que lo humille, que lo crea un incapaz, que lo sienta invisible si camina entre los demás, que lo trate como a un pendejo; sí, lo peor es que se le niegue. ¿Lo habrá hecho alguna vez su santa madre, que Dios guarde en el cielo? Su casa de infancia, allá en Ciudad Victoria, tenía las paredes muy delgadas, la habitación de él y sus hermanos sólo se separaba de la de sus padres por una cortina de tela, y ya desde pequeño era insomne, o quizá nunca aprendió a dormir temprano esperando los ruidos, aquellos que te ponían la sangre a hervir; sin embargo, siempre provenían de su padre; si le hace justicia a sus recuerdos, su madre fue silenciosa incluso entonces.

Pero hoy es domingo, día de elecciones, y la venganza se acerca. Pedro Ángel Reyes guarda los resentimientos como adentro de un joyero, cerrando cuidadoso la cubierta, y corta el agua de la ducha con un desconocido y nuevo optimismo.

2

Erguida, lo que es erguida, nunca estuvo su columna vertebral, siempre un poco encorvada, blanda, como si una cierta derrota se instalara en esos huesos. Pero al salir a la calle y respirar el frescor de aquella mañana del 2 de julio, se enderezó, sacó el pecho como si pudiera generar una nueva musculatura, una nueva estructura ósea y también se inventó una nueva mirada, recogiendo en ella todas las semillas mal nacidas que lo poblaban, escondiéndolas, estirando el cuerpo y ensayando un paso que podría haberse calificado como algo cercano a lo elástico. Aún le torturaba la inútil erección matinal, la negativa de Carmen Garza, a pesar de sus esfuerzos por contentarla en la más difícil de las performances, porque no era mujer fácil en ningún aspecto; para encenderla había que ser un verdadero gimnasta olímpico, obligándolo a acrobacias ridículas e imposibles, aunque, una vez logradas, ella se prodigara como pocas. Pagar era más fácil, piensa Pedro Ángel Reyes, quien durante años se había tendido muy cómodo sobre lechos de dudosa limpieza, y sin hacer el más mínimo esfuerzo —sólo el de ganar los pesos que pagaba a cambio— había apaciguado sus permanentes urgencias, convencido de que el diablo se apoderó de su deseo muy temprano y que el infierno mismo le enviaba esta continua lascivia de la que no lograba desprenderse. Una cosa sí lo aterrorizaba: que en la oficina lo descubrieran, que alguno de sus compañeros notara el bulto en sus pantalones cada vez que una mujer apetecible se acercaba a las ventanillas, cada vez que la güerita cruzaba el pasillo contoneándose sin recato, ostentosamente.

Para el curso electoral al que le había invitado su jefe para preparar el buen desempeño del día de hoy, la güerita llegó tarde el primer día y, muy displicente, recorrió el recinto con sus ojazos buscando un lugar donde sentarse. El único asiento que permanecía vacío a esa hora era ahí, justo ahí, al lado de Pedro Ángel Reyes, y mientras ella se acomodaba y meneaba sus piernas bien moldeadas, muy vistosas bajo la minifalda del traje azul, su corazón, previsiblemente, comenzó a galopar. La carne, la promesa de la carne, la buena carne. Conocía de memoria el efecto de aquel galope, podía incluso cronometrarlo, por lo que alcanzó unos papeles impresos que descansaban sobre la pequeña mesa frente a su silla y los instaló disimuladamente sobre su regazo, protegiéndose de cualquier indiscreción. Poco y nada logró escuchar del discurso y las instrucciones que se impartían en la sala, pero su pose de atención resultaba indesmentible. Al terminar la sesión, se puso rápido de pie e intentó, con un gesto galante, retirar la silla donde se sentaba la güerita, pero ésta lo despachó con una implacable mirada de desdén, tomando con sus propias manos el asiento y levantándose en el acto.

Las calles están casi vacías y se respira en ellas una cierta contención. Es muy temprano para que los niños jueguen fuera de sus casas, el abandono ayuda a impregnarlas de un leve aire fantasmal. Sin olvidar su nuevo paso erguido, como si una espada de hierro se atara a su espalda, Pedro Ángel Reyes camina hacia la casa donde lo espera su casilla. Sólo cuatro cuadras, no tardará en llegar.

De pronto, el apacible silencio matinal se interrumpe y una motocicleta roja y negra arrastra rápida su ruidosa prepotencia por la calle que Pedro Reyes debe cruzar. ¿De dónde salió ese gato? Él no alcanzó a verlo, sólo escuchó su aullido cuando la motocicleta tambaleó un poco, arrollándolo. El motociclista no se inmuta y sigue su camino, dejando una estela amarilla a su espalda, la del color de su chamarra, y a él como único testigo. Se acerca y su lábil corazón se estrecha al escuchar los gemidos agonizantes. Manchas oscuras tiñen las rayas sobre el pelaje amarillo, bonito ejemplar el pobre gato. Pero la imagen de la sangre lo desconcierta. El cuerpo de Carmen Garza golpea su visión como un saco de piel. Y mientras aumenta el charco circular alrededor del animal, él se acuclilla sin arrodillarse, no debe ensuciar el pantalón, lucir respetable hoy en las casillas es la consigna. Las entrañas del gato se esparcen por la calle, un nuevo golpe de visión y los cuerpos de sus compañeros de oficina revientan sobre el pavimento. Zancadilla tras zancadilla, la vida entera de Pedro Ángel Reyes es como andar descalzo cuando cada paso debiera darse con los pies cubiertos, la pena de mirarse casi mutilado porque los ojos de sus compañeros saltan sobre él, más allá de él, lo ignoran, lo ignoran y no dejan de ignorarlo, esos pies desguarnecidos, inmóviles mientras los demás avanzan, esos pies detenidos en su desnudez por la vergüenza de que te los miren, de que te apunten, mira, allá va ése, sin zapatos. Y cuando hoy amanecía, cuando su cuerpo desaseado le advirtió en la cama la necesidad del deseo, cuando arrimó su cabeza al pecho de Carmen Garza, ésta le espetó: tu pelo huele a ratón.

No debe tocar al gato, no debe tocar la sangre.

Hoy es el día de la venganza.

Esta noche la güerita acudirá a la fiesta de celebración, ya le advirtió que allí conversarían, se lo dijo en la última sesión del curso cuando casi por hábito volvió a elegir el mismo lugar a su lado, cuando por fin ella reparó en su presencia y aceptó que le levantase la silla en la más primitiva de las galanterías. También trabajo en el municipio, le dijo Pedro Ángel Reyes, imperdonable habría resultado dejar pasar el instante en que lo vio, al fin, lo vio y lo miró, en la Oficialía de Partes; qué casualidad, sí, qué casualidad, eres uno de los nuestros; sí, sí, soy de los vuestros, soy de alguien; sí, tuyo. El domingo ganaremos; sí, a celebrarlo, sí, ¿cuántos votos has conseguido?, varios, bastantes, muchos, ni sé por quién vota mi propia mujer, soy un mentiroso, pero si pudiera, los falsifico; todo para contentar a la güerita, a mi jefe, para que cumpla la promesa de subirme el sueldo después del trabajito que le hice, no fue tan fácil, desaparecer esos papeles podría resultarme caro; después de todo soy el único que los maneja, pinches papeles, de algo me sirvieron, el jefe no olvida los favores, así me lo dijo, y ahora, mañana mismo, me dará el ascenso; no es una pura cuestión de sueldo, hacerme de la güerita es más que un sueldo, zafarme de la vieja es más que un sueldo, el prestigio frente a mis compañeros es mucho más que un sueldo.

Se extinguen los gemidos, el gato ya está muerto y rematado. Debe arrancarse de las pupilas el color de la sangre. Debe seguir su camino, enhiesto con la invisible espada a cuestas, ignorar esas entrañas repartidas en el pavimento, esos intestinos despanzurrados, hacer caso omiso de esa carne pobre, fea y desparramada que de alguna forma oblicua le recuerda la suya. Y la de Carmen Garza, esquiva la muy perla, opaca y desafinada como la trompeta de un mariachi viejo.

Su voluntad esta mañana es inquebrantable. Unas pocas cuadras, y ya está. Pero le resulta difícil abandonar el cadáver del gato en plena calle; en su infancia, él enterraba a los animales muertos, siempre lo hizo, por principio. Buscaba cajas de cartón en el desperdicio y las convertía en ataúdes, con la pala de su padre cavaba pequeñas tumbas agujeros y les daba la más digna sepultura. Incluso cuando enterró a su perro, un callejero que recogió en un basural, le sumó a la tierra una estampa de la Virgen de Guadalupe. Pero el perro le pertenecía y este gato es ajeno. Al menos moverlo, correrlo hacia la vereda, que no vuelvan a arrollarlo, cuántas muertes deberá sufrir el pobre. Con cautela, le toma la cabeza, la cabeza no está aplastada; sin levantar el cuerpo lo arrastra poco a poco, lentamente, hasta depositarlo en la acera. Lo mueve aún un poco más para que el tronco de un árbol lo proteja. Casi una sepultura. Orgulloso, se pone de pie; la tarea, cumplida.

Advierte en su mano derecha una pequeña mancha de sangre. A falta de pañuelo, introduce la mano al bolsillo del pantalón, refregándola allí dentro hasta limpiarla.

Entonces, ya puede seguir la huella.

3

Apura el paso. Para que el camino se hiciera más corto, empezó a contar las filas de adoquines, pero luego de cinco minutos recapacitó, pues no alcanzó ningún número concreto. No importa, ya ha llegado a la casa indicada. La casilla está en orden, todo a tiempo para dar inicio al proceso. Los otros se le han adelantado y él es el último, todo por culpa del gato. Detecta de inmediato a aquellos que le advirtieron serían sus dos adversarios, lo explicó el jefe, no debe perder de vista ninguna de sus acciones, pueden ser peligrosos, ponerse necios y limitar su margen de maniobra. Ya en el curso preparatorio le enseñaron todas las formas de fraude posible —las que uno puede hacer, que el profesor llamó «activas» y las que puede implementar el adversario, bautizadas como «pasivas»—. Ése fue el día en que la güerita no asistió y él pudo prestar atención a todo lo que enseñaron. Un mundo nuevo para Pedro Ángel Reyes, nuevo, extraño, inconmensurable. Tantas veces durante su vida acudió a votar sin ninguna conciencia de lo que ocurría tras el voto, es más, nunca reparó en los representantes de los partidos. Hoy, él es uno de ellos y quizá vengan a votar personas que tampoco sepan cuánto se juega en este día, que desconozcan la enorme parafernalia que existe tras una simple papeleta y que, por supuesto, tampoco reparen en él. Lo piensa dos veces y una sonrisa se le escapa de los labios transformada en mueca, como si alguna vez él hubiese merecido mayor reparo, ¿puede un día de elecciones cambiar tanto como las miradas en las pupilas ajenas?

Gordo, muy gordo, su barba no ha sido afeitada al menos en tres o cuatro días y su pelo largo cuelga grasoso hasta los hombros. Allen Ginsberg, dijo cuando se presentó, llámeme licenciado Ginsberg. Pedro Ángel Reyes lo mira sorprendido, no tiene pinta de gringo para llevar ese nombre; es más, en una prueba de blancura, él le gana. Si su padre es gringo, salió a su madre, qué duda cabe, azteca pura.

El otro se las da de señorito, todo su atuendo lo grita como también sus facciones claras, no pensó en arreglarse ni acicalarse en un día como éste, aunque otros sí se pusieron el terno y la corbata, ni siquiera van muy limpios sus vaqueros, pero se reconoce la impecabilidad de su camisa celeste, idéntica a la que exhibe su candidato en la tele. Ambos miran a Pedro Ángel Reyes con desconfianza, aunque entre ellos tampoco lo hacen mal. Con fastidio reconocen su legítima presencia en el local y él se pregunta, aunque el jefe se lo haya prevenido, cómo puede un ser humano desconfiar de otro sin conocerlo, sin poseer ningún antecedente previo.

¿Te parece poco antecedente el partido al que representas, Reyes, eres buey o te haces?

«Cayeron de rodillas en catedrales sin esperanza rogando por su mutua salvación y la luz y los pechos, hasta que el alma les iluminó el pelo por un instante.» Mira al gordo sentado a su lado, los botones de la camisa batallando contra el vientre para no explotar, y con humildad se excusa, no ha entendido el significado de sus palabras. No importa, soy poeta, fue toda la respuesta del otro. Supuso que con eso bastaba, que una licencia tácita envolvía al gordo y no a él, que se empeñaba tanto en su dicción y en el sentido común de cada uno de sus decires. Se distrajo en las capas de grasa que cubrían ese cuerpo, en la falta de agilidad de esos pliegues, ¿cómo se cogería a una mujer difícil como Carmen Garza?, ¿qué resentimientos profundos guarda un ser con ese volumen? Los gordos se inventan a sí mismos una aceptación que nunca es cierta, nadie se ufana definitivamente de tales dimensiones sino los que ya se entregaron, los que no quieren más guerra, los que han decidido dejar de gustarse.

Una bocanada de humo lo ahoga. El señorito de los vaqueros ataca un paquete de Marlboro rojo, el muy macho no fumaría light y, sin ofrecerle a nadie, ha encendido un cigarrillo y comienza a aspirarlo con enorme placer. Lentamente deposita el humo sobre el rostro de Pedro Ángel Reyes. La pequeña tos de éste, irreprimible, no lo disuade. Mira aburrido a los votantes mientras fuma, su falta de conocimiento de este rincón del municipio es obvia y no pretende disimularla.

Sólo cumple un trámite y como tal actúa, dejando muy claro que parte importante de aquél consiste en demostrar una arrogancia y una falsa displicencia hacia el señor de bigote ralo y gris que se sienta a su lado. Su enemigo principal no es el gordo sino tú, Reyes, ¿no te asombra tal categoría?

«Regresando años más tarde calvos con una peluca de sangre y lágrimas y dedos, a la visible condena del loco de las salas de los manicomios del este.» Ya, esta vez no preguntará nada, que continúe el poeta, total, nadie le hace caso, y menos que nadie el señorito. Fue entonces que apareció esa mujer. Una morena de ojos grandes y anchas caderas, una María Félix actualizada en versión Huixquilucan. Traía refrescos en una bolsa de malla y unos pequeños envoltorios cubiertos por servilletas blancas. Ante el estupor de Pedro Ángel Reyes, se dirigió sin titubeos hacia él. Tendrá hambre ya, compañero, le dicen esos labios carnosos y pintados, y haciendo caso omiso de las miradas del poeta gordo y del señorito arrogante, abre la bolsa, destapa con agilidad una Lift y desenvuelve una torta tentadora, un bolillo donde asoman trozos de jamón, huevo, frijoles, tomate y carne. Recién al entregárselos parece tomar nota de las otras presencias, y con una sonrisa fácil los despacha, ustedes tendrán quien les traiga comida, y punto.

Claro, cómo no se dio cuenta de lo grande que era su hambre, lo devoraría todo, todo, torta, Lift y, si pudiera, María Félix incluida, este ángel caído del cielo sólo para mí; cómo no me metí en la política antes, de haber sabido que así venía la mano, cuánto tiempo desperdiciado, cuánto, Dios mío.

Hazme cancha, morenito, sí, eso le dijo; no es que Pedro Ángel Reyes sueñe, se lo dijo así, mientras introducía un muslo en la punta de su silla. Con rapidez automática, porque el cerebro ya le había dejado de funcionar, él mueve sus huesos hacia un costado, haciéndole lugar. De pronto, siente la pierna de María Félix contra la suya. Cree que va a atragantarse cuando la presión de esa pierna insiste, el jamón se atora en su garganta y toma un trago de Lift. La erección, carajo, ya, ahí está, debajo de la mesa, ¡cómo mierdas la disimulo! Come tranquilo, le susurró ella comprensiva, además de hermosa, además de rica —una auténtica mamacita—, además de generosa, es comprensiva; ¿será a este servidor a quien le está sucediendo, cuando nunca me sucede nada, cómo es posible, tanto poder da el partido, de la noche a la mañana me torné irresistible? Terminada la torta, por fin, la pierna aún instalada contra la suya, busca una servilleta para limpiarse manos y boca. Ella se la entrega solícita, como si adivinara sus pensamientos. Y fue entonces el momento bendito, aquel en que ella toma su mano derecha y con boquita fruncida, entre que suspira y se queja, ¡tienes sangre en tu mano! ¿De un gato? Ven, ven conmigo, yo te la limpiaré.

El saco ayudó, al menos pudo levantarse del asiento con cierta dignidad, tirando de él, escondiendo su bulto como ya sabía hacerlo y abandonar así su puesto. Caminar tras la mujer hacia los lavabos, siguiéndola como el más fiel y domesticado de los perros. Ella parecía conocer bien el camino.

Manita, manita, sólo una lavadita, canturreaba María Félix adentro del baño, mirando por aquí, por allá, haciendo caso omiso de un par de hombres que, con justo derecho, la miraron raro, estaban en territorio masculino después de todo; pero, maravillosa ella, no se complicaba. Tomó su mano, abrió la llave del pequeño y blanco lavatorio, dejó correr el agua como si la frescura fuese relevante para la sangre seca de aquella mano derecha, la sangre del gato, y sacando un pañuelo limpio de un pequeño bolso que pendía de su hombro, se abocó a su trabajo cual María Magdalena a las heridas de Jesús. El calor en el agitado cuerpo de Pedro Ángel Reyes ardía encendido, refulgía sin ton ni son irradiando la sala de baño de tal modo que si no actuaba, si no tomaba alguna medida, ya la convertiría, sin refracción posible, en el centro mismo de una explosión. El pobre Reyes, desgraciado, no olvida que desde el amanecer el deseo, inútilmente, late.

4

A esa hora el sol restallaba y dentro del baño de hombres la sombra de la María Félix local se proyectaba sinuosa sobre las baldosas, empeñada como estaba en su trabajo de limpieza. La sombra y él formaban un solo cuerpo sólido. La operación de desprender cada pequeña partícula de sangre desafortunada y reseca duró una eternidad, no fue la imaginación de Pedro Ángel Reyes quien la prolongó, innecesaria tanta meticulosidad si sólo de eso se trataba, congregada ella en torno a un objetivo casi invisible, apoderándose de un tiempo manso pero fijo, un tiempo duro. Su fantasía corrió lejos, más allá de la sala de baño, de las casillas, del poeta gordo y del señorito de camisa celeste, más allá de Huixquilucan, del Estado de México, de todo el territorio nacional hasta apuntar al cielo mismo.

Con una rapidez atemporal, se coló en su fantasía el culo de la güerita, sí, él sabía que el jefe se la cogía, su compañero de ventanilla se lo contó en la oficina, pero ahora que se aproximaba la victoria y con ella el ascenso, mujer y puesto podrían ser suyos, desbancar al jefe con esta potencia loca que percibe en sí mismo, irrefrenable y total. Emborrachado de poder y de deseo, tuvo la osadía de estirar su mano libre, la que nunca tuvo manchas de sangre gatuna, y ahí, a su alcance, encontró uno de los pechos de la morena, terso y maduro a su vez, material perfecto, un durazno en sazón. Los enormes globos de Carmen Garza, aquellos que rozó esta mañana mientras juzgaba que en su demasía estarían a punto de desinflarse —pero qué va, eran los únicos que tenía, no iba a regodearse—, atravesaron la memoria del tacto y ante tal comparación la fantasía no sólo alcanzó el cielo sino lo rompió, convirtiéndolo en miles y miles de pedazos.

—No tan deprisa, amigo.

Era su voz, siempre comprensiva y atenta, pero con una firmeza recién inaugurada. Levantó los ojos hacia él, sin desprenderse de la mano mojada, y su mirada era de reprobación, sí, no cabe duda, como una madre al niño que está a punto de cometer una travesura.

—No seas así, hombre, ahorita no.

Unos segundos después lo decidió, ya, órale, estás listo, y cuando hubo terminado de secarlo, Pedro

Ángel Reyes musitó torpemente que necesitaba entrar al urinario. Recuperando su sonrisa alegre, roja y pintada, ella prometió esperarlo a la salida. La urgencia con que se abrió el pantalón, ya resguardado de cualquier mirada indiscreta, habría resultado patética para quien ignorara su padecer. Un roce leve, mínimo, le produjo un enorme alivio. No, no se sentía capaz de esperar hasta la noche; cuando Carmen Garza lo rechazó esa mañana, su primer impulso fue encerrarse en el baño y acabar la tortura, como era su hábito, pero lo pensó dos veces y desistió, con un poco de esfuerzo resultaría un verdadero semental esa noche, sólo con un poco de control para con su loca voluntad.

Pero ahora ya no aguantaba más, no luego de esa morena, forzosamente única, fuera de todo registro previo, impensable en su anterior existencia. Sí, hace un momento la tocó, la tocó, y no debió pagar por ello.

Cerró los ojos con enorme deleite, ya, comencemos, por fin el delirio abandonará su categoría de espejismo. Y en ese instante, desde la suciedad y el aislamiento del urinario, escuchó un enorme grito dentro del baño.

—¡Reyes! ¡Reeeyeees!

Era la voz de su jefe, el grito diabólico de su jefe.

—¡Pinche cabrón! ¿Dónde carajos te has metido?

Pedro Ángel Reyes cerró su pantalón en un santiamén y, como si lo hubiesen sumergido en un bloque de hielo, olvidó su calentura, dejándola una vez más suspendida. Salió del pequeño cuarto maloliente y se acordó de tirar de la cadena para darle verosimilitud a su estadía en aquel lugar.

—Estaba meando, jefe, ¿por qué tanto griterío?

Al recordar más tarde el episodio, pensó que por algo el jefe era el jefe.

Había llegado hacía media hora al recinto, y había encontrado la casilla abandonada, sin representante del partido resguardando el proceso. ¡Qué cantidad de cosas pueden hacerse en media hora!, ¿cuánto «fraude pasivo» puede padecer el partido de un representante desertor? Al menos, así lo juzgó su superior, un poco paranoico a los ojos de Pedro Ángel Reyes. ¡Un regalo! Media hora de regalo para sus adversarios, media hora para el poeta gordo, media hora para el señorito arrogante, ¡qué no puede hacerse durante una elección en treinta largos minutos!

—¡Cómo fui a confiar en ti, Reyes, si eres y has sido siempre un pendejo!

En su confusa e improvisada defensa, culpó a la morena, que no se divisaba en la puerta del baño como lo había prometido. Que la mano sucia, que la sangre del gato, que era preciso lavarla, que para qué me la enviaron a dejarme comida.

Entonces el jefe lo miró como si su subalterno estuviese alucinando. Nadie le había enviado comida. Ninguna morena tenía órdenes ni de él ni del partido. ¿De qué mujer hablaba Reyes, es que había enloquecido de una vez por todas? Buscó con los ojos, recorrió el local entero y pues no, no había morena alguna que atestiguara su relato, como si literalmente se hubiese esfumado. También él llegó a dudar de su propia cordura. Y si la morena, la puta esa, dijo el jefe, te hubiese querido demorar más, lo habría logrado, qué duda cabía. Ante esa acusación, Pedro Ángel Reyes guardó silencio. Claro, el otro debía de conservar dentro de sí el olor mismo de la güerita, resulta fácil acusar al prójimo cuando la propia humanidad está satisfecha.

Su única preocupación al despedirse del jefe, ya que éste partía a continuar con el control de los locales, fue la esperada celebración de la noche en el partido, no fuera a ser que le retirara la invitación por haberle fallado media hora. ¡Si es que tenemos algo que celebrar, pendejo, volvió a decirle, porque con colaboradores como tú!

Caminó con la cabeza gacha hacia su destino, en miserable confusión. No seas así, hombre, ahorita no. Ésas fueron las palabras de María Félix cuando la acarició. Pero ¿fue realmente una negativa? Sí, Reyes, te rechazó, no lo disfraces. Sin embargo, las cosas podían haber tomado otro rumbo. ¿Y si ella se hubiese prestado para el jugueteo? ¿Cuánto habría tardado él en volver a su puesto?

Qué fácil, cerrar con llave la puerta del baño por dentro o, peor aún, irse. Ella podría haber elegido otro lugar, un «vámonos» calladito y ya, Pedro Ángel Reyes abandonando el local deprisa, dejando todo botado. ¿Y si el jefe hubiese llegado a la casilla en ese momento o, no se atreve ni a imaginarlo, al baño de puertas cerradas? El polvo del siglo. Despedido, Reyes, por imbécil. Ni siquiera por irresponsable, no, ¡por imbécil!

Se arruinaba, además, su plan nocturno, tan meticulosamente planeado.

¿Cómo iba a abandonar a Carmen Garza en esas circunstancias? Librarse de ella había sido la primera lúcida y resplandeciente idea cuando el jefe le habló y a cambio del trabajito aquel lo invitó a sumarse a ellos, sin ahorrar detalles sobre las expectativas que se le abrirían. Luego cerraron el pacto y empezó el plan en su cerebro: cómo, luego de compartir la noche con la güerita ese domingo, emborrachados de triunfo ambos, entraría al día siguiente a casa despreocupado, indiferente, como si fuese un hecho usual el no llegar a dormir, y daría comienzo el primer acto: la tortuosa humillación a una Carmen Garza desvelada, temerosa y angustiada.

¿Todos sus sueños de grandeza abortados, el municipio victorioso, el país entero por las nubes y él, botado en la acera como el gato, sólo por la liviandad de la carne?

Volvió a su mesa a tomar asiento entre sus dos adversarios. Todo estaba como antes, ni una servilleta, ni el envase de vidrio de la botella de Lift, ¿se estaría enajenando? «¡Santas las soledades de los rascacielos y los pavimentos! ¡Santas las cafeterías llenas de millones! ¡Santos los misteriosos ríos de lágrimas bajo las calles!» Le dieron ganas de callar al licenciado Ginsberg, no estaba su ánimo para poemas de bienvenida. Miró hacia su derecha, de donde provenía el fuerte olor del humo de Marlboro, y notó que algo sí había cambiado: la mirada del señorito de camisa celeste ya no era sólo de arrogancia. Se había instalado en ella la socarronería.

5

A las cinco de la tarde, el cielo tendió a cerrarse, una luz extraordinaria abatió el atardecer por unos meros instantes, como una hechicera retorcida, para esconderse luego, coqueta. Cuando el firmamento se puso oscuro, una brisa errante los sacudió perturbadora. Un cierto misterio se instaló en el aire. Y un cierto frío. La inquietud bajó del cielo hacia todo el territorio, dejándolos mudos por un largo momento. Faltaba media hora para efectuar el recuento de los votos cuando un personaje felino, calvo y grandote, cruzó el jardín y se acercó al señorito de la camisa celeste. Le habló al oído, mientras Pedro Ángel Reyes se concentraba en la imagen de una niña pequeña que jugaba con cara bobalicona en un pedazo de pasto seco, como si una mano celestial le hubiese robado todo verdor. El grandote con paso felino no demoró más de tres minutos, uno, dos, tres, eso fue todo. Y cuando abandonó el local, un halo de presagios cruzó el ambiente.

Pasó una media hora errática, corta y larga a la vez, en que los abanderados de cada lista se sumían en diversas preocupaciones. Entonces clausuraron la urna y comenzaron los recuentos, voto a voto, verso a verso, Pedro Ángel Reyes pareció despertar de su aparente letargo y despreocupación, lo que sucedía allí en la mesa de votación no debía estar sucediendo, el escrutinio se apartaba de toda razón. Mientras miraba fijo los números y las sumas, congelado, con un miedo extraño secándole la garganta, recordó a ese locutor tan popular, Nino Canún, el que había acusado por la radio a su presidente municipal, el muy cabrón: aprovechando la impunidad de su voz transmitida por el satélite, denunciaba al alcalde de ser un ratero. ¡Un ratero! Y como si fuera poco, con sorna, se burlaba, el único ranking en que el presidente municipal podría competir sería en el de ratería porque, sin duda, lo ganaba. Cuando osó comentárselo a su jefe, le pidió tímidamente que se lo explicara. Con paciencia, el jefe le dio una clase magistral de lo que era la política, de por qué se hablaba mal de quienes hacían el bien, y después de eso, cerraron pacto. Ratero.

El partido de Pedro Ángel Reyes perdió. En cambio, el del señorito ganó.

Bueno, qué nos extraña, espetó un señor de bigotón a lo Pancho Villa, si tenemos a todos estos ricachones de Interlomas en el municipio. Pero esos ricos son la minoría, le respondió el poeta Ginsberg, Huixquilucan es un municipio pobre por definición. Los consoló reflexivo el falso Pancho Villa, no se inquieten, nosotros, los mexiquenses, podemos votar mal, pero no así el resto de los mexicanos, sólo en este rincón del Estado de México se ha incubado el veneno de la incomprensión, de la falta de agradecimiento; el país, lo que es el país, es otra cosa.

Convencido de que su experiencia del recuento era una excepción, al terminar todo el proceso Pedro Ángel Reyes reúne sus cosas para partir. Irá a la sede del partido a levantarse el ánimo, a contar cómo en su casilla se han equivocado, cómo precisamente el lugar en que él trabajó resultó un punto aislado en la elección; qué mala suerte, justo en su casilla. Entonces, el señorito de los vaqueros, más arrogante que nunca y excesivamente jubiloso, se levantó de la mesa, tomó su chamarra casi escondida entre otros enseres. Y de pronto Pedro Ángel Reyes rescata un recuerdo, piensa que viene de muy atrás, hace mucho tiempo, pero no, era de aquella mañana, una chamarra amarilla. La estela amarilla de la moto, el motociclista en la calle vacía y el gato arrollado, el gato dando los últimos aullidos, el cadáver del gato yaciendo con liviandad en el suelo al lado del árbol, descansando en paz, su sepultura.

Pedro Ángel Reyes camina por las calles de la ciudad, vacías aún, la gente está encerrada, quizás asustada, sólo a las ocho de la noche se entregarán los primeros resultados oficiales; antes de ello, nada es verdad, nada es válido, una pinche casilla no significa nada, aunque el municipio contaba con ganarla. Me gustaría pasar por mi casa, arreglarme un poco para la fiesta, ver televisión un rato para husmear el ambiente en que vive el país a estas horas, echarme un poco de colonia, reponerme de este día, sí, tenderme unos minutitos antes de ir al encuentro con la güera. Pero no resistía encontrarse con Carmen Garza, conversar con ella, fingir que todo es normal cuando esta noche él no llegará a dormir y mañana el abandono será inminente. Y menos que nada, cuando se entere del fracaso de su casilla; ella lo va a esgrimir como una razón más para humillarlo, como si fuese su culpa, como si su presencia allí fuese la causa de que hubieran perdido. Pero faltan sólo dos cuadras, qué tentación, total, es fácil saber si ella está o no en casa, pasaré a ver, quién sabe. Camina un poco y verifica contento que su hogar está vacío.

Se quita la ropa que lo ahoga a esta hora, se tiende en el lecho conyugal y con el nuevo control remoto enciende la televisión en busca de la mejor programación, Televisa o Televisión Azteca o Eco; qué hermosura su nuevo y lustroso televisor, ya no recuerda cuántas letras firmó para adquirirlo; no importa, es bello y grande y cuadrado, aunque demore dos años en pagarlo, ya me subirán el sueldo. Escuchando las voces tenues de los analistas como telón de fondo, se hunde en un sueño profundo.

Lo despertó una sensación de angustia. Con la boca pastosa y la garganta seca y la camisa arrugada y el cuerpo cortado, mira hacia el reloj despertador en el buró: las diez. ¡Las diez y las diez, carajo! Se viste apresurado, olvida la colonia refrescante, ni los dientes se enjuaga, al menos veinte minutos para llegar a la sede del partido. ¿Cómo mierda se durmió así?

Cuando baja del camión sueña con oír los compases de la música ranchera o el himno del partido desde la cuadra de distancia que hay hasta la sede, o si no es música, al menos las consignas de sus compañeros, los gritos, pero la noche es el silencio mismo. Avanzando hacia el local, recién comprende el hambre que lo atenaza, sólo un buen desayuno al amanecer y por todo alimento una torta a la hora de la comida.

En la víspera fue testigo de cómo organizaban los manjares para esta noche, ya no falta nada, la güerita estará esperándolo con un buen plato preparado para él. Lástima lo de la ley seca, le habría apetecido una cerveza. Una Victoria, la que sólo se encuentra en México, según la tele.

Están cerrando el local. En grandes bolsas plásticas almacenan la comida intacta mientras los últimos militantes que parten se llevan otras repletas. Las sillas vacías. Las banderas gimen solitarias sobre los lienzos. Los carteles con la fotografía del candidato como una isla donde sólo cabe naufragar. Todo el lugar, un misterio cargado de muerte. La noche cayó con estrépito. Los pocos compañeros que levantaban el local lo instaron a partir y Pedro Ángel Reyes obedeció desganado. Deambuló por los barrios sin destino. En la cara de la luna vio la chamarra amarilla. En la tensión de la noche vio el rostro del fin.

Dos horas más tarde vuelve a su casa muy cansado, ha caminado por cualquier calle dejando en cada piedra su paso derrotado. Abre la puerta y piensa que a esa hora incluso el regazo de Carmen Garza lo sosegará. Un inusitado desorden lo arranca de sus lúgubres cavilaciones. El televisor nuevo. No lo ve. El armario abierto está desocupado. Sobre la cama divisa un papel blanco, se aproxima y reconoce en él la firma de Carmen Garza. En un abrir y cerrar de ojos comprende la magnitud de lo sucedido. Y en el único gesto digno de aquel domingo 2 de julio, arruga el papel sin leerlo y se tiende en la cama a llorar.

Epílogo

Cuando en el año 2000 el diario *El País* me pidió un cuento para su edición de verano estuve a punto de negarme. Nunca había escrito uno, aun cuando había publicado para entonces varias novelas. Es probable que sintiera ese género como algo esquivo y un poco inasible. Acepté el pedido como un desafío y allí nació «2 de julio», un cuento que cumplió el cometido de *El País* y que más tarde, junto a «Sin Dios ni ley» conformaron una pequeña publicación llamada *Un mundo raro (dos relatos mexicanos).*

«Dulce enemiga mía» (que entonces se llamó «La dulce mi enemiga») lo escribí en 2004 para una edición de lujo española donde varios autores rendían homenaje al Quijote.

Todos los cuentos restantes son inéditos y han sido escritos en diversos lugares a través de estos años (en Argentina, en México, en Chile, en la Toscana, en los Balcanes, en cualquier parte). Algunos fueron terminados, casi literalmente, el día de ayer.

Este libro no habría sido posible sin el aliento constante de mi agente literario, Willie Schavelzon, y sin María Fasce, de Alfaguara España, quien, con su ojo casi clínico en lo que a letras se refiere, es capaz de transformar cualquier texto con sus sugerencias y su tenacidad. Vaya para ellos todo mi agradecimiento.

Santiago de Chile, septiembre de 2012

Otros títulos publicados en esta colección:

El azar de la mujer rubia
Manuel Vicent

Los enamoramientos
Javier Marías

Diez mujeres
Marcela Serrano

Una misma noche
Leopoldo Brizuela

Betibú
Claudia Piñeiro

Las voces bajas
Manuel Rivas

Óscar y las mujeres
Santiago Roncagliolo

Sam no es mi tío
Diego Fonseca y Aileen El-Kadi

El tango de la Guardia Vieja
Arturo Pérez-Reverte

Marcela Serrano

nació en Santiago de Chile. Licenciada en Grabado, entre 1976 y 1983 trabajó en diversos ámbitos de las artes visuales, especialmente en instalaciones y acciones artísticas (entre ellas el *body art*). Entre sus novelas, que han sido publicadas con gran éxito en Latinoamérica y en Europa, han sido llevadas al cine y se han traducido a dieciocho idiomas, destacan ***Nosotras que nos queremos tanto*** (1991), galardonada en el año 1994 con el Premio Sor Juana Inés de la Cruz, distinción concedida a la mejor novela hispanoamericana escrita por mujeres; ***Para que no me olvides*** (1993), que obtuvo en 1994 el Premio Municipal de Literatura en Santiago de Chile, ***Antigua vida mía*** (1995), ***El Albergue de las mujeres tristes*** (1997), ***Nuestra Señora de la Soledad*** (1999) y ***Diez mujeres*** (2012), todas publicadas por Alfaguara.

Alfaguara es un sello editorial del Grupo Santillana

www.alfaguara.com

Argentina
www.alfaguara.com/ar
Av. Leandro N. Alem, 720
C 1001 AAP Buenos Aires
Tel. (54 11) 41 19 50 00
Fax (54 11) 41 19 50 21

Bolivia
www.alfaguara.com/bo
Calacoto, calle 13 n° 8078
La Paz
Tel. (591 2) 279 22 78
Fax (591 2) 277 10 56

Chile
www.alfaguara.com/cl
Dr. Aníbal Ariztía, 1444
Providencia
Santiago de Chile
Tel. (56 2) 384 30 00
Fax (56 2) 384 30 60

Colombia
www.alfaguara.com/co
Carrera 11A, n° 98-50, oficina 501
Bogotá DC
Tel. (571) 705 77 77

Costa Rica
www.alfaguara.com/cas
La Uruca
Del Edificio de Aviación Civil 200 metros Oeste
San José de Costa Rica
Tel. (506) 22 20 42 42 y 25 20 05 05
Fax (506) 22 20 13 20

Ecuador
www.alfaguara.com/ec
Avda. Eloy Alfaro, N 33-347 y Avda. 6 de Diciembre
Quito
Tel. (593 2) 244 66 56
Fax (593 2) 244 87 91

El Salvador
www.alfaguara.com/can
Siemens, 51
Zona Industrial Santa Elena
Antiguo Cuscatlán - La Libertad
Tel. (503) 2 505 89 y 2 289 89 20
Fax (503) 2 278 60 66

España
www.alfaguara.com/es
Avenida de los Artesanos, 6
28760 Tres Cantos, Madrid
Tel. (34 91) 744 90 60
Fax (34 91) 744 92 24

Estados Unidos
www.alfaguara.com/us
2023 N.W. 84th Avenue
Miami, FL 33122
Tel. (1 305) 591 95 22 y 591 22 32
Fax (1 305) 591 91 45

Guatemala
www.alfaguara.com/can
26 avenida 2-20
Zona n° 14
Guatemala CA
Tel. (502) 24 29 43 00
Fax (502) 24 29 43 03

Honduras
www.alfaguara.com/can
Colonia Tepeyac Contigua a Banco Cuscatlán
Frente Iglesia Adventista del Séptimo Día, Casa 1626
Boulevard Juan Pablo Segundo
Tegucigalpa, M. D. C.
Tel. (504) 239 98 84

México
www.alfaguara.com/mx
Avda. Río Mixcoac, 274
Colonia Acacias, C.P. 03240
Benito Juárez, México D.F.
Tel. (52 5) 554 20 75 30
Fax (52 5) 556 01 10 67

Panamá
www.alfaguara.com/cas
Vía Transísmica, Urb. Industrial Orillac,
Calle segunda, local 9
Ciudad de Panamá
Tel. (507) 261 29 95

Paraguay
www.alfaguara.com/py
Avda. Venezuela, 276,
entre Mariscal López y España
Asunción
Tel./fax (595 21) 213 294 y 214 983

Perú
www.alfaguara.com/pe
Avda. Primavera 2160
Santiago de Surco
Lima 33
Tel. (51 1) 313 40 00
Fax (51 1) 313 40 01

Puerto Rico
www.alfaguara.com/mx
Avda. Roosevelt, 1506
Guaynabo 00968
Tel. (1 787) 781 98 00
Fax (1 787) 783 12 62

República Dominicana
www.alfaguara.com/do
Juan Sánchez Ramírez, 9
Gazcue
Santo Domingo R.D.
Tel. (1809) 682 13 82
Fax (1809) 689 10 22

Uruguay
www.alfaguara.com/uy
Juan Manuel Blanes 1132
11200 Montevideo
Tel. (598 2) 410 73 42
Fax (598 2) 410 86 83

Venezuela
www.alfaguara.com/ve
Avda. Rómulo Gallegos
Edificio Zulia, 1°
Boleita Norte
Caracas
Tel. (58 212) 235 30 33
Fax (58 212) 239 10 51